L'ESSENZA DEL DONO

L'essenza del dono

ALDIVAN TORRES

Canary Of Joy

Contents

1   1

1

"L'essenza del dono"
Aldivan Torres
L'essenza del dono

Autore: Aldivan Torres
© 2019-Aldivan Torres
Tutti i diritti riservati

Questo libro, comprese tutte le sue parti, è protetto da copyright e non può essere riprodotto senza il permesso dell'autore, rivenduto o trasferito.

Aldivan Torres, originario del Brasile, è uno scrittore consolidato in diversi generi. A oggi ha titoli pubblicati in decine di lingue. Fin da piccolo è sempre stato un amante dell'arte della scrittura avendo consolidato un percorso professionale dalla seconda metà del 2013. Con i suoi scritti spera di contribuire alla cultura internazionale, suscitando il piacere di leggere chi non ha ancora la abitudine. La tua missione è conquistare il cuore di ciascuno dei tuoi lettori. Oltre alla letteratura, i suoi gusti principali sono la musica, i viaggi, gli amici, la famiglia e il piacere di vivere. "Per la letteratura, l'uguaglianza, la fraternità, la giustizia, la dignità e l'onore dell'essere umano sempre" è il suo motto.

"Nessuno accende una lampada per coprirla con un contenitore o metterla sotto il letto. Lo mette sulla lampada, in modo che tutti quelli che entrano vedano la luce. In effetti, tutto ciò che è nascosto deve diventare manifesto; e tutto ciò che è segreto, deve diventare noto e manifestarsi chiaramente. Prestate dunque attenzione a come ascoltate: a chi ha qualcosa verrà dato ancora di più; perché a chi non ha, sarà tolto anche quello che pensa di avere ". (LC 8.16 "18)

Contenuti
"L'essenza del dono"
L'essenza del regalo
Dedizione e grazie
Grazie
introduzione
Parte I
Visitare
Il viaggio al sito
La scoperta dell'incontro di due mondi
Conoscere il sito
La prima sfida: la saggezza
L'apprendimento assimilato della "saggezza"
Comprensione
Riunione
Cena e serata a Fundão
Il terzo regalo
Continuando la preparazione
Alla scoperta del dono della fortezza
Post "sfida
Il dono della scienza
L'ultimo passaggio del sito
Sito di Fundão, 3 novembre 1900
Parte I

Visitare

Dopo la risoluzione della seconda avventura del veggente, sono tornato alla normale routine del lavoro, dei contatti sociali e delle relazioni umane. Sono stato a lungo senza contatti con Renato, il guardiano o anche con l'indù e la sacerdotessa, compagni di cammino. Fino a quando in una bella giornata di sole in cui mi sono goduto un momento di svago con la mia famiglia, ho sentito una voce sottile che mi chiamava da lontano. Mentre dirigevo la mia vista sulla voce, i miei occhi si riempirono di lacrime quando riconobbi il mio benefattore che mi aveva aiutato a superare le mie sfide ed era entrato nella grotta più pericolosa del mondo durante il mio primo viaggio sulla montagna.

Mentre mi avvicinavo, mi alzai per salutarla, le diede un bacio e un grande abbraccio. Ho colto l'occasione per presentarti a mia madre e ai miei fratelli. Il contatto è stato breve, ma intenso. Con discrezione, mi ha chiesto una conversazione privata. Ho accettato l'invito e insieme siamo andati nella mia stanza per avere più privacy. Lungo la strada, i nostri occhi si sono incrociati e il suo mi ha dato fiducia e in una certa misura una dose di mistero. Con qualche passo in più, entriamo nella stanza, lei loda l'arredamento, ti ringrazio e offro una sedia a disposizione mentre mi siedo a letto. Andiamo testa a testa e inizia il dialogo.

"È un piacere rivederti, figlio di Dio, come sei stato? Sono qui perché sento una nuvola di dubbi e incertezze che incombe sulla tua vita, ostacolando la tua evoluzione come sensitivo e come uomo. Credo di poterti aiutare servendoti d'indicare la via, come nel nostro primo incontro. Sei pronto a rischiare ancora una volta?

"È anche un piacere rivederti. Il tuo aiuto è stato fondamentale per me per iniziare il mio progetto in letteratura, e sono già al terzo libro. Apprezzo tutto. Sì, è vero, sono pieno di dubbi sul mio passato, presente e futuro incerto nonostante tutte le promesse che ho ricevuto dagli spiriti superiori. Ho bisogno di un percorso. Ho bisogno di evolvermi di più. Cosa dovrei fare?

"Guardandoti, ricordo un giovane con le stesse difficoltà e con gli stessi desideri. È un tuo antenato di nome Vitor, il veggente. Ha superato le sue difficoltà, ha studiato magia e sviluppato i suoi doni rendendolo il vincitore in tutto. La sua famiglia è di un lignaggio spirituale sviluppato capace persino di compiere miracoli.

"Ho sentito parlare di Vitor. Alcune delle tue azioni hanno raggiunto la mia generazione. Semplicemente non so di avere tanto potenziale o coraggio quanto lui. Dimmi tutore, ho una possibilità?

"Mi chiedi una cosa del genere? Sei solo un semplice sognatore, hai mai vinto sfide, affrontato la grotta più pericolosa del mondo, capito e trovato le risposte alla tua oscura notte dell'anima e hai ancora dubbi? Fidati di più di te stesso e continua il tuo percorso. Quello che posso dirti è che il tuo potenziale è eccellente e come veggente può compiere miracoli nel tempo e nello spazio.

"Grazie per il complimento. Cosa dovrei fare allora?

"Devi essere addestrato da una persona speciale che domina i primi sei doni dello Spirito Santo. Il nome di questa persona è Angel e ha 13 anni. Ha vissuto da giovane con Victor ed è stato eccezionale nella sua vita. Per trovarlo, dovresti andare al sito di Fundão, una zona rurale di Pesqueira, in questo stesso comune. Vive in una semplice casetta di paglia, in questo posto. Una volta lì, inizierai a capire meglio il tuo caso e, alla fine, potrai sviluppare e srotolare il velo del tempo risolvendo i tuoi problemi.

"Ho capito. Ho sentito parlare di Fundão e so dov'è. È vicino a qui. Quando dovrei andare?

"Subito. Vai a fare le valigie e quando sei pronto, saluta la tua famiglia. Ma prima ho una sorpresa.

Il tutore fischiò e in una manciata di secondi sentii un rumore di passi, un bussare alla porta della mia stanza. Aprendolo, mi sono imbattuto nel mio compagno di due avventure alle spalle, Renato, con in mano una valigia. L'ho guardato da cima a fondo e ho notato quanto cresciuto, virile e bello il bambino fino a quel momento quando l'ho incontrato nel 2010. Senza pensarci, gli ho anche dato un grande abbraccio. Lacrime insistenti scorrevano sui nostri volti dall'emozione del momento. Quando ci siamo separati, gli ho chiesto cosa significasse tutto ciò e lui ha semplicemente risposto che mi avrebbe aiutato ancora una volta. Ho ringraziato il tutore e Renato per il loro supporto. Poco dopo, ha salutato ed è andata a prendere la mia borsa come raccomandato. In questo compito ricevo aiuto dal mio fedele scudiero.

Quando abbiamo finito, ho salutato la mia famiglia, sono uscito di casa con Renato e ho camminato qualcosa verso il punto di stoccaggio. Quando arriviamo, ci presentiamo e assumiamo un autista per portarci al sito di Fundão. Si chiama Geronimo e lo abbiamo colpito con lo stesso. Vorrei iniziare una nuova avventura alla ricerca di conoscenze e di un destino ancora incerto. Andiamo avanti, lettori!

Il viaggio al sito

Saliamo in macchina; chiudiamo la porta e in pochi secondi se ne va. Poiché il viaggio è stato in una certa misura lungo, abbiamo iniziato a parlarci per distrarci. Parliamo qualcosa di tutto ciò che è trascritto in alcuni stralci di seguito:

"Come hai fatto a superare, ragazzo, questo periodo in cui eravamo separati? Hai studiato molto? (Il veggente)

"Mi sono tolto la vita nella mia normale routine: lavorare con il tutore e i suoi insegnamenti per aiutarti nelle avventure, studio quotidiano a scuola di Mimoso, gite con amici e fidanzate. Ma tutto il tempo ho pensato a te. Mi mancavano già le nostre avventure. E tu? (Renato)

"Ho anche adempiuto alla mia routine che include il lavoro nel settore pubblico, i contatti sociali, l'evoluzione spirituale, un nuovo divano per l'apprendimento, l'incontro con nuove persone, ma mi mancava anche la mia vita di scrittore, sensitivo. Grazie per l'interesse e il tuo aiuto. Senza di te, non avrei ottenuto molto. Quanto alle amiche, non sei troppo giovane per pensarci? Non sei d'accordo, Geronimo? (Il veggente)

"Hai assolutamente ragione, veggente. I ragazzi dovrebbero giocare a palla invece di strofinarsi sulle ragazze. È una grande responsabilità per coloro che non hanno una mente ben formata. Potrebbe esserci un incidente. (Notato Geronimo)

"Smettila di fare smorfie, non sono un granché ragazzo, e posso provarlo. Ho già la barba, i peli delle ascelle e in alcuni altri punti che la modestia non mi permette di menzionare. Inoltre, non è niente di grave, sono solo pochi strofinacci. (Protesta Renato)

"Va tutto bene. Fingo di crederti. Come se non ti conoscessi, ragazzo. Ma cambiando argomento, hai visto al telegiornale quanto è precaria la nostra salute? Code e più file negli ospedali pubblici e persone che necessitano di cure urgenti nelle unità di terapia intensiva (unità di terapia intensiva) degli ospedali e non hanno un posto vacante? Cosa ne dici? (Il veggente)

"Ho visto sì, ed è una vergogna per il nostro paese e per i nostri governanti. Tutte le chiamate sono dovute, ma sembra che le persone siano più consapevoli e protestano in ogni momento. Dobbiamo valere i nostri diritti perché paghiamo le tasse, lavoriamo quattro mesi per avere servizi pubblici di qualità e non lo facciamo. Questa realtà non è solo la salute, abbiamo problemi latenti nell'istruzione, nei trasporti, nell'igiene, nell'industria, ecc. Credo che solo la società possa cambiare questa realtà e una via d'uscita è protestare pacificamente, eleggendo leader più giusti e degni e facendo il loro parte aiutare gli altri senza pensare di ricevere nulla in cambio. (Geronimo)

"Ma molto è migliorato. Sono giovane, ma mi è stato detto che il Brasile ha avuto un'inflazione dilagante e che negli anni Novanta hanno creato un piano economico che ha rallentato questo processo. Tutto da loro migliorato. Con la stabilità dei prezzi, l'economia è cresciuta, c'è stata la generazione di posti di lavoro e di reddito, e siamo già tra i paesi emergenti. Ma sono d'accordo che abbiamo molto da migliorare sulla qualità della vita della nostra popolazione che merita molto perché è una persona molto laboriosa e piena di sogni. Essere brasiliano per me è un orgoglio. Siamo ancora i numeri uno al mondo in ogni modo. (Renato)

"Si spera che Renato e il nostro calcio vincano la coppa e abbiano una buona partecipazione alle Olimpiadi per tifare la nostra popolazione sofferente. (Il veggente)

"E che la mia squadra vinca il campionato brasiliano. (Completato Geronimo)

"Qual è la tua squadra? (Renato)

"Piccolo segreto. Non voglio dispiacere i miei nuovi amici. (Geronimo)

"Io tifo per Pernambuco. È il mio stato e combatterò per questo. In particolare, lo farò attraverso la letteratura. Voglio che tutti siano orgogliosi di me. (Il veggente)

"Scrivi? Interessante. Di cosa scrivi? Come è nato questo dono? (Chiede Geronimo)

"Sì, scrivo. La mia storia è iniziata nel 2010 quando, d'impulso, mi sono recato su una montagna che prometteva di essere sacra alla ricerca di trovare il mio destino. Ho scalato il tuo ripido sentiero e quando sono arrivato in cima, ho avuto un incontro che mi ha cambiato la vita. Ho incontrato il guardiano, un essere ancestrale che possiede molti misteri che mi ha guidato e aiutato a realizzare sfide difficili che culminano nella mia approvazione nelle fasi. Quindi, mi è stato permesso di raggiungere il mio obiettivo: affrontare la grotta della disperazione, un luogo in cui potevo diventare uno scrittore o qualsiasi altro sogno che avevo. Anche se ero sopraffatto dalla paura perché il fallimento mi sarebbe costato la vita, sono entrato, ho dribblato trappole, scenari avanzati e a un certo punto sono arrivato alla camera segreta. Quando sono entrato, ho sviluppato parzialmente i miei doni e sono diventato il veggente, un essere dotato. Con i miei nuovi poteri ho potuto compiere il mio primo viaggio nel tempo e in trenta giorni ho vissuto a Mimoso insieme al mio fedele compagno Renato incredibili avventure. Alla fine, ho riunito le forze opposte, ho risolto conflitti e ingiustizie e ho aiutato qualcuno a ritrovare sé stesso. Tutto quello che ho vissuto è stato documentato nel mio primo libro che ho pubblicato nel 2011 intitolato "Forze opposte". Dopo questa prima vittoria, ho passato del tempo a dedicarmi a finire il college e risolvere problemi personali. Non appena mi sentivo preparato, sono tornato sulla montagna alla ricerca di una nuova avventura. Ho incontrato di nuovo il guardiano, ho incontrato gli indù ed ero pronto a iniziare a capire un periodo difficile della mia vita che ho chiamato la "notte oscura dell'anima", dove ho dimenticato Dio e i miei principi. Ho fatto un viaggio per i peccati capitali, li ho padroneggiati e, al momento giusto, ho fatto un nuovo viaggio verso un'isola perduta alla ricerca della sacerdotessa, una maestra della notte, il regno degli angeli e dell'Eldorado, un luogo d'incontro dello spirituale e mondo carnale. Inoltre, sono stato anche approvato in questa fase e con la mia esperienza, ho scritto il mio secondo romanzo dal titolo suggestivo "La notte oscura dell'anima". Per ora è tutto. Voglio saperne di più e scoprire qualcosa di più sul mio destino.

"Senza dimenticare che in ogni momento ero presente ad aiutarlo. (Completato Renato)

"Che storia interessante. Amico, ti devo confessare, sono un fan solo per i tuoi sforzi di lottare per un sogno. Molte persone rinunciano alla prima difficoltà. Molta fortuna e successo sulla tua strada. (Lodato Geronimo)

"Grazie. Aumenta la velocità Non vedo l'ora di arrivare al sito fondatore e vivere nuove esperienze. (Il veggente)

"Anche a me. (Renato)

"Va tutto bene. Tieni le cinture di sicurezza. (Geronimo)

L'auto ha accelerato e abbiamo superato rapidamente, attraverso l'autostrada BR 232, il sito di Rosario, il villaggio di Novo Cajueiro, il sito di Riacho Fundo, il villaggio d'Ipanema, tra gli altri. A questo punto eravamo già molto vicini alla sede del comune, Pesqueira. Finché non abbiamo sentito improvvisamente uno scoppio e l'auto è diventata qualcosa irregolare. Abbiamo gridato con grande paura, ma Geronimo era un pilota esperto e sapeva come controllare la situazione. Sei riuscito a metterti in salvo sul ciglio della strada. Siamo scesi dalla macchina per controllare cosa fosse successo e Geronimo ci ha tranquillizzato, si è abbassato, si è tolto la maglietta e ha cambiato la gomma che aveva forato. Questa manovra è durata una trentina di minuti e ne abbiamo approfittato per idratarci. Quando tutto fu sistemato, siamo di nuovo in macchina, siamo partiti più lentamente, siamo arrivati a Pesqueira e abbiamo fatto una deviazione su una strada sterrata. Questa strada ci porterebbe alla nostra destinazione. Questa parte del viaggio è durata una trentina di minuti tra conversazioni, scoperte e tanta ansia da parte nostra. Arrivati sul posto, ci siamo mossi qualcosa in tondo finché non troviamo qualcuno che ci guidava e dopo tante navette siamo arrivati alla casetta dove abitava Angel. Paghiamo il biglietto, scendiamo dalla macchina con le valigie, salutiamo Geronimo, lui esce e ci avviciniamo alla casa. Qualcosa noiosi, siamo andati oltre e abbiamo bussato alla porta che era socchiusa. Cinque minuti dopo, la figura di un anziano magro e scheletrico si presentò con un'espressione sorridente ma qualcosa chiusa. A cosa devo l'onore della visita di due giovani così belli? Chiediglielo dopo aver aperto la porta.

"Mi chiamo Aldivan, ma puoi anche chiamarmi figlio di Dio, Divino o veggente, gli altri miei nomi. Questo che mi accompagna si chiama Renato ed è il mio compagno di avventure. Insieme siamo venuti per imparare da te se possiamo. (Dichiarato)

"Ho sentito parlare di voi due. La vostra fama ha varcato i confini. È un onore averti con me. Ti aiuterò in qualsiasi cosa. In quale argomento vuoi approfondire? (Rispose l'anziano)

"Il guardiano ci ha informato che padroneggi i primi sei doni dello Spirito Santo, e dobbiamo capirli per evolverci ulteriormente. (Riferito Renato)

"Dobbiamo creare una linea di connessione di doni con la mia medianità e la mia chiaroveggenza non sviluppata per comprendere il presente, il passato e il futuro che ci circonda e noi non capiamo. (Ho completato)

"Sei sicuro di cosa stai parlando? Sviluppare i doni dello spirito santo è un atteggiamento salutare, ma se legati alla medianità possono creare uno squilibrio cosmico tra i due mondi e farli ritrovare a provocare persino la follia. È molto pericoloso quello che mi chiedi e una persona in passato ha sofferto molto per le tue scelte. E se torna di nuovo? (Il vecchio)

"Non sapevamo che il rischio fosse così grande, ma non posso più sopportare i miei stimmi e la linea di contatto spirituale. È un grande martirio. Ho bisogno di aiuto urgente. (Veggente)

"Facile. Abbassa la testa. " (Angel ordinato)

Ho obbedito prontamente. Rimasi immobile e le mani morbide scivolarono sulla mia testa. Inoltre, ho sentito dei raggi di energia penetrare nella mia mente tormentata e mi hanno dato qualcosa di sollievo. Chiusi gli occhi, recitai una preghiera e mi sentii ancora meglio.

A un certo punto, Angel ritirò le mani e si allontanò qualcosa e si alzò a riflettere, voltandoci le spalle. Quando si voltò, il suo sguardo tradusse un piccolo mistero misto a tristezza.

"Sai, figlio di Dio, mi hai ricordato qualcuno che ho amato così tanto in passato. Si chiamava Vitor ed era un uomo spiritualmente molto sviluppato. Confrontando voi due, era più esperto e più determinato, maleducato, il tipico uomo di campagna mentre sei innocente, puro, sensibile, una persona molto gentile. In questo caso, questo è uno svantaggio per te in questo mondo perché la vita è bella ma crudele e stimolante. Questo rende ciò che vuoi fare ancora di più complicato. Ma c'è una possibilità se vuoi correre dei rischi, soffrire e andare fino in fondo. Sei pronto? (Chiesto al maestro)

"Sì. Non sono venuto fin qui solo per parlare. Di solito affronto le stesse, anche se gigantesche, sfide. Inoltre, farò quello che dici. Responsabile solo dell'informazione, Vitor era la mia famiglia. (Divine)

"Fidati di lui, Angel, e di me. Seguiremo il tuo consiglio e non ti deluderemo. (Completato Renato)

"Va bene. Mi è piaciuto il tono deciso di Renato e Aldivan anche tu sei della famiglia Torres? Capisco perché sei così. È una famiglia. Ma sai davvero qualcosa della storia di Vitor? (Angel)

"Sì, qualcosa. Tutti lo chiamavano saggio. Ho sentito che conoscevi molti segreti spirituali e padroneggiavi qualcosa la magia. Ho un potenziale come lui? (Il figlio di Dio)

"Sì, il tuo potenziale è immenso perché hai una mente molto potente. Ma non lasciarti ingannare. Il tuo percorso non è lo stesso di Vitor. Sei un'altra persona, libera da vizi, pura, piena di luce, con una bellissima aura e non ti permetterebbe di macchiarlo. Dio vuole che tu rimanga così perché ti tratta come un figlio. Ti aiuterò a sviluppare i tuoi doni, controllare i tuoi desideri e comprendere meglio il piano spirituale. Hai bisogno solo di una guida per non cadere nelle trappole o di nuovo nella "Notte oscura dell'anima". Tuttavia, tutto ha il suo prezzo e sei disposto a pagare? (Angel)

"Ovviamente. Qual è il prezzo? (Il veggente)

"Al momento giusto, lo saprai. Per ora, segui anche me e il tuo compagno. (Il capo)

Angel entrò in casa, lo accompagnò e sistemò le nostre cose vicino al muro destro dell'unica campata della casa. Ci ha detto di sdraiarci. Io su un letto d'erba e Renato sull'amaca. Ci ha detto di calmarci e di riposarci dal viaggio. Cosa sarebbe successo da quel momento in poi? Stai al passo, lettore.

La scoperta dell'incontro di due mondi

Obbediamo al nostro attuale padrone, Angel. Ci sdraiamo e cerchiamo di dimenticare le nostre preoccupazioni. Con un sacco di costi, siamo riusciti a rilassarci a poco a poco e a un certo punto ho perso i sensi. Nel momento in cui mi sono addormentato, il mio spirito ha lasciato andare la mia carne e ho iniziato a fare un insolito viaggio astrale. Ho preso la mia strada dal piano materiale e sono rapidamente passato attraverso l'oscurità, la luce e un piano intermedio chiamato la città degli uomini. Sono stato felicissimo dell'esperienza, ma non mi è stato permesso di restare a lungo in questi posti.

In dettaglio, spiegherò la mia esperienza. Nell'oscurità, ho camminato attraverso l'abisso e posso descrivere che era un luogo buio, pieno di larve di vulcano sparse per tutta la superficie e persone malvagie e angeli che venivano puniti, traducendosi in creature orribili e molto sofferenti. La mia visita era per avvertirti che quel regno stava per finire e l'ho gridato hai quattro venti. Tuttavia, non mi sono intimidito e in risposta sono stato afferrato da una creatura che mi ha fissato e ha detto: "Esci di qui, non appartieni a questo posto. Non stordirci prima del tempo. Ho risposto, con un'altra risposta: sai con chi stai parlando? La creatura non fu colpita e disse: "So molto bene chi sei. Ma questo è il mio regno e io sono nato per governare. Dopo quella risposta, una forza ci spinse via e questa volta mi avvicinai alla luce. Sono andato rapidamente in paradiso, ho incontrato fratelli benedetti, pieni di luce essendo parte di una società ben organizzata che lavora per il successo della nostra oltre la protezione spirituale. Mentre avanzavo in questa realtà spirituale e mi avvicinavo al palazzo reale, mi sentivo meglio e più felice. Mi è stato dato il permesso di entrare nella dimora di Dio e contemplare la sua gloria. Entrando è difficile descriverne a parole la grandezza. Posso solo dire che mi è venuta una grande chiarezza e da essa sono usciti raggi di luce che hanno coinvolto il mio essere in completa comunione, come se fossimo uno, completamente interconnessi. Ho sentito un misto di pace, liberazione, amore e felicità insieme, mai sperimentato da un mortale. Dopo l'esperienza con Dio e mio padre, il mio spirito si è nuovamente allontanato e si è avvicinato al piano spirituale più vicino alla terra, la città degli uomini. Sono stato ben accolto e vivono in città spirituali simili alla nostra. In questa occasione, ho potuto vedere molti fratelli, ma non ho potuto avvicinarli a causa del mio sviluppo. Ma dal poco che ho visto, sono come noi, spiriti intermedi, molto amati da Dio e che hanno gli stessi bisogni di quando erano vivi sia che si tratti di cibo, amore, sesso, sentimenti e che vanno sempre rispettati. Ad alcuni di loro è stato permesso di accompagnarmi per proteggermi dai miei nemici e darmi consigli quando ne avevo più bisogno. Dopo un momento, ho lasciato il piano spirituale, ho viaggiato rapidamente sul sentiero e quando ho raggiunto il piano terrestre, mi sono concentrato su me stesso. All'improvviso, sono stato avvolto da un fumo bianco che ha fatto prendere velocità al mio corpo spirituale, entrare in un tunnel che mi fa attraversare il passato, il presente e il futuro, ma senza visualizzarlo. Mentre stavo arrivando alla fine del tunnel, ho sentito un tocco forte. Nello stesso momento, mi sono svegliato con enorme stanchezza dopo aver vissuto tante intense esperienze spirituali. Accanto a me c'era Angel, con un sorriso sul volto.

"Che cosa succede? Hai sognato gli angeli? (Angel)

"Ho appena fatto uno strano sogno, un viaggio astrale senza limiti. Sono andato all'inferno, in paradiso, nella città degli uomini e ho attraversato tutta la mia storia. Ma ancora non capisco perché sia tutto questo. (Divine)

"È normale. Hai testato alcuni dei tuoi limiti e quando ti svilupperai completamente avrai pieno accesso a questi luoghi. La conoscenza ti renderà unico sulla terra. Ma non affrettarti e non saltare alle conclusioni ora. Lascia che il destino si mostri completamente. (Consigliato Angel)

"Ho capito. Qual è il primo passo? (Veggente)

"Alzati e andiamo a fare una passeggiata. Voglio mostrarti qualcosa del mio mondo e del tuo antenato, Victor. Forse questo risveglierà qualcosa la tua sensibilità. (L'anziano)

"Va tutto bene. (Il veggente)

Mi sono alzato dal letto, ci siamo avvicinati a Renato, lo abbiamo svegliato ed è uscito dalla rete. Insieme, tutti e tre ci siamo diretti verso l'uscita, con Angel che funge da guida. Cosa ci aspettava? Saremmo in grado di svilupparci completamente? Stai al passo, lettore.

Conoscere il sito

Quando abbiamo lasciato la casa di paglia, Angel ha scelto un sentiero verso nord e lo ha accompagnato senza replicare. Camminiamo lentamente, il che ci fa avere l'opportunità di un contatto con la natura e il clima di campagna. Troviamo tutto meraviglioso, diverso e sconosciuto. Mentre camminiamo, Angel rompe il silenzio e inizia a raccontare qualcosa della sua storia:

"Renato e Aldivan, vivi esattamente da centotredici anni. Molto di questo tempo qui su questo sito e per me questo è il posto migliore al mondo. È qui che ho acquisito conoscenza della natura, di Dio e delle persone. Ho amato, ho sofferto, ho pianto come una persona normale e il consiglio che do è di rinunciare alle esperienze senza paura. È meglio rimpiangere quello che hai fatto che non hai mai fatto. In un attimo ero felice e quando morirò sarò soddisfatto.

"Interessante. Ho anche vissuto molte esperienze nonostante avessi meno di un terzo della tua età. Sto cercando la mia strada e voglio realizzare di più questa avventura. Inoltre, ho raccolto le "forze opposte", compreso la complessa "Notte oscura dell'anima" e ora sto cercando di sviluppare i miei doni. Ma devo confessare che non mi sono goduto la vita come avrei dovuto a causa dei miei pregiudizi. (Io, il veggente)

"Ho quattordici anni e la mia esperienza si riduce a vivere in una famiglia complicata dove mio padre mi obbligava a lavorare ininterrottamente e non poteva nemmeno studiare. Dopo tante sofferenze, ho deciso di scappare e il tutore mi ha adottato. Io ha poi potuto studiare e giocare come un bambino normale ed è stato scelto per aiutare un giovane sognatore nel suo obiettivo di conquistare il mondo. Ora, eccomi qui con lui in una nuova avventura. (Renato)

"Va bene. Ragazzi fate un doppio perfetto. Avevo anche un compagno da giovane ed eravamo alla ricerca di giustizia, pace, sviluppo spirituale in una società piena di pregiudizi. Non potevamo vincere tutto perché quei tempi erano duri. Ma confesso che ero comunque felice. (Angel)

"Quello è buono. Spero anche di essere felice e di esibirmi professionalmente. Renato, grazie per il tuo supporto. (Io, il veggente)

"Sei fuori dal nulla. Faccio solo il mio dovere. (Renato)

La conversazione subito per, il silenzio regge e continuiamo a camminare. Abbiamo piegato a destra, a sinistra in diversi punti e a un certo punto arriviamo a un albero frondoso e gigantesco. Angel fermati e chiedici di fare lo stesso. La abbraccia comunque ma non riesce ad abbracciarla. Si emoziona, piange, ride, finalmente sperimenta un'esplosione di sentimenti in pochi secondi. Poi si siede e lo accompagniamo.

"Sai cosa significa per me? Rappresenta un simbolo di amore, amicizia e compagnia. Per favore, abbraccia questo albero con gli occhi chiusi e sentilo.

Obbediamo al maestro e nello stesso momento mi sento uno sciocco molto forte, il sangue ribolle, il mondo gira e mi sembra di fronte alla persona amata. È molto forte quello che sento e dimentico tutti gli ostacoli, i sensi di colpa, i problemi e sento che vale davvero la pena amare anche se l'altra persona non lo riconosce. Divento coraggioso, grido il nome della persona e dico, ti amo. Non devo preoccuparmi di nulla perché dalla mia parte ci sono persone di mia totale fiducia. Dopo l'estasi, mi siedo e piango per qualcosa. Anche Renato si siede e piange, ma ci racconta della sua esperienza più pura che teniamo segreta per preservarla.

Abbiamo parlato ancora qualcosa, riflettuto e deciso di continuare il tour. Ora ci dirigiamo su un altro sentiero a sud. L'inizio della nuova passeggiata è qualcosa faticoso perché prima avevamo provato emozioni intense ma era comunque impegnativo e stimolante. A ogni passo, abbiamo trovato un nuovo mondo in cui i nostri antenati hanno vissuto e creato la storia e ora tocca a noi trasformare il mondo. A pensarci bene ci muoviamo veloci e ci fermiamo un paio di volte per idratarci. A un certo punto, il sentiero si apre e ci mostra una vasta pianura rocciosa. Quindi, Angel ci invita ad avvicinarci. Ci chiede di sederci, obbediamo e ci raccontiamo qualcosa della storia di quel luogo.

"Questo era il punto d'incontro concordato tra il nostro gruppo di vigilantes dell'entroterra e i famosi cangaceiros della banda di Virgulino. Qui ci incontriamo e affrontiamo la nostra azione contro le élite di quel tempo. Bei tempi quelli. Siamo stati considerati eroi dalla gente in generale. Tuttavia, in effetti, stavamo solo cercando qualcosa di uguaglianza e giustizia.

"Che bello. Se avessimo azioni simili a questa oggi, non avremmo così tanti problemi e pregiudizi nella nostra società. (Ho detto)

"Sono d'accordo, sensitivo. Ma negli ultimi tempi abbiamo visto alcune azioni che richiedono un cambiamento encomiabile. (Completato Renato)

"Sì, è vero. I giovani di oggi non sono diversi da quelli di un tempo. Le situazioni sono cambiate. Molto è migliorato dal mio tempo qui, ma c'è ancora qualcosa su cui fare. È nelle tue mani: vuoi recitare o essere solo spettatori della vita? (Angel)

"Agisci. Il mio scopo nell'essere uno scrittore è vivere avventure, evolvermi spiritualmente, mostrare la via di Dio, demistificare e aiutare a distruggere i pregiudizi, insegnare e imparare. Ho già superato due fasi e intendo rimanere su questa stessa strada. (Dichiarato, il veggente)

"Il mio obiettivo è accompagnare e assistere il veggente, questo essere in difficoltà, che un giorno ha combattuto per me e che ha dimostrato che i sogni sono possibili. Voglio passare dei bei momenti al tuo fianco e goderti la tua compagnia per molto tempo. Ce ne sono pochi che hanno questo privilegio. (Renato)

"Grazie Renato. Qual è il passo successivo, maestro? Aldivan

"Facile. Ci stiamo ancora conoscendo. Continuiamo il tour. (Ponderato Angel)

Detto questo, abbiamo cambiato di nuovo direzione e questa volta abbiamo camminato verso ovest. Ora il sentiero si rivela sassoso e questo lo rende qualcosa difficile. Tuttavia, lo sforzo si rivela gratificante perché abbiamo accolto ogni momento con l'ambiente, con Master Angel e con i ricordi. A ogni modo, tutto andava bene fino a quel momento. Continuiamo a camminare tra le conversazioni, tra i rumori degli animali, respirando l'aria fresca della foresta, affrontando il caldo torrido di fine anno, tra dubbi e vistosi desideri del nostro subconscio. Ma ne è valsa la pena e abbiamo continuato la scoperta. Dopo una quarantina di minuti su questo sentiero, arriviamo davanti alle rovine di una casa di fango. Ci fermiamo e Angel ti chiede di andare con lui. Entriamo in quella che era la casa e toccando il resto di un muro, ho visioni abbaglianti di esperienza vissuta lì: vedo incomprensioni, shock di sentimenti, lussuria, luce e oscurità, saggezza e conoscenza sprecate nell'incontro tra due mondi. Divento statico con tutte le informazioni che ho ricevuto e, quando mi rendo conto della mia difficoltà, Angel mi presta aiuto facendomi uscire dall'asse. Cado a terra, sbiadito. Renato e lui mi danno una cura perché io possa ristabilirmi.

"Calmati, figlio di Dio. Avrei dovuto dirti di stare più attento alla tua sensibilità. Qui era la residenza del suo antenato Vitor Torres ed era lì che sviluppò i suoi doni. Cosa hai visto? (Chiese l'anziano)

"Qualcosa dei suoi sensi. Ma è andato tutto troppo in fretta. Mi sono qualcosa spaventato e ho sofferto ancora di più per questo. (Rivelato il veggente)

"È finita. Siamo qui con te. (Ha detto Renato)

"In realtà, non devi aver paura. Sei qualcun altro, siamo in un'altra epoca e le situazioni sono diverse. Sii solo qualcosa attento e controlla il tuo dono che è ancora in fase di sviluppo. Ma non preoccuparti su di esso. Ti insegnerò quando inizieremo la nostra formazione. Per ora, dovresti sapere che questo è uno dei luoghi appropriati per superare le barriere di tempo, spazio e aprire le porte all'altro mondo. Chi sa come padroneggiare il suo il potere può conquistare tutto nella vita e battere i suoi nemici. Non ci sono limiti ", ha spiegato Angel.

"Ho capito. Sono disposto a conoscere i miei limiti e scoprire appieno il mio destino anche se comporta rischi elevati. È necessario per la mia carriera e per la mia evoluzione spirituale e umana. (Dichiarato, il veggente)

"Siamo abituati a correre rischi. (Renato)

"Vai il più lontano possibile. Questo processo non è irreversibile. Puoi rinunciare in qualsiasi momento, chiudere le tue porte spirituali e rinunciare a questo dono. È tutta una questione di scelta. Possiamo continuare il tour? (Il Maestro)

Confermiamo che sì. Abbiamo lasciato le rovine della casa e abbiamo preso un altro sentiero verso est. Il nuovo inizio del cammino apre maggiormente le mie prospettive, il che mi fa avere più speranze di successo. Ignari di tutto, Renato e Angel continuano ad accompagnarmi e a dare la forza necessaria nei momenti giusti. Che ne sarebbe di me d'ora in poi? Non ne avevo idea, ma avrei continuato il mio viaggio indipendentemente dagli ostacoli o dai pericoli che correvo.

Continuiamo a camminare. Quando la stanchezza colpisce, ci fermiamo e cerchiamo l'ombra di un albero per riposarci. A tal fine ci siamo allontanati qualcosa dal sentiero e quando abbiamo trovato l'albero ci siamo riparati e siamo crollati a terra. Angel ride e riprende il dialogo.

"Anche tu sei stanco, Figlio di Dio? Pensavo che i supereroi fossero fatti di ferro. (Angel scherza)

"Non parla nemmeno. Nonostante tutti i miei predicati, sono una persona normale in relazione a debolezze, aspirazioni, paure e irrequietezza. Ma so essere forte quando devo. (Commentato, il veggente)

"Sono d'accordo. L'ho accompagnato in due avventure e posso dire che ha saputo essere all'altezza delle aspettative dei suoi maestri. Ha fatto un viaggio indietro nel tempo, ha risolto le ingiustizie, è tornato sulla montagna, ha appreso dei suoi peccati capitali, ha viaggiato su un'isola, è salito a bordo di una nave pirata e ha fatto molto bene. (Renato)

"È interessante. Ma sappi che sviluppare i doni richiederà una maggiore audacia da parte tua rispetto alle volte precedenti. Questa volta dovranno essere fatte scelte importanti. (Angel)

"Quali, ad esempio? (Chiedo, il veggente)

"Facile. Non è ancora il momento. Controlla la tua ansia perché può intralciarti. (L'anziano)

"Mi dispiace, mi dispiace. Mi sono riposato Andiamo avanti? (Veggente)

"Sei d'accordo, Renato? (Angel)

"Sì. Andiamo. (Renato)

Siamo partiti velocemente, abbiamo ripreso il sentiero in silenzio e a ogni passo superiamo ostacoli. Il tempo è piacevole, siamo tranquilli e nulla in questo momento sembra impossibile nonostante la gigantesca sfida di avventurarsi in quelle terre. Ci siamo piegati a sinistra, a destra, abbiamo incontrato le persone, le abbiamo salutate e su questa navetta siamo arrivati dopo un'ora di cammino in una vasta pianura, senza vegetazione, circondata da rocce rosse. Al centro, una grande roccia. Angel chiede a Renato di restare e avanza ancora qualcosa con me verso il centro. Saliamo in cima alla roccia; mi invita a sedermi e poi a sdraiarmi. Chiedimi di chiudere gli occhi, obbedisco e sento mani esperte che mi atterrano sulla testa. Come se fosse pioggia, sento raggi di energia penetrare nella mia mente come l'ultima volta. Ma questa volta invece di calmarmi rendimi più irrequieto per via delle visioni che si rivelano a poco a poco sullo schermo della mia mente. Vedo dolore, oppressione, persecuzione, calunnia, incomprensioni, problemi di relazione amorosa e di amicizia, solitudine, lotte intestine, fallimenti non sempre assimilati, ma alla fine di tutto una luce molto vibrante. Cerco di avvicinarmi alla luce e quando mi avvicino molto mi allontano. Accanto a me c'è Angel, qualcosa serio.

"Hai visto un figlio di Dio, cosa ti aspetta? Non abbiamo sempre tutto in questa vita, sai? (Angel)

"Sì." Ma scelgo di provare. È il mio sogno, sin da quando ero bambino, e non tutte le difficoltà del mondo mi fermeranno. Alla fine di tutto, c'è una luce. Come raggiungerla? (Chiesto al piccolo sognatore)

"Queste risposte che solo tu puoi scoprire dentro di te. Sono solo un'altra freccia che il destino ti ha messo davanti proprio come gli altri tuoi maestri. Se sei disposto ad ascoltarmi tutto il tempo, anche se sono incosciente, tu Probabilmente ci riuscirò. Lo dico non con orgoglio, ma con l'umiltà di chi ha vissuto a lungo, centotredici anni, e che ha sperimentato tutto in questa vita. Sei solo tu che dici di sì. (Angel)

"Sì. Ti ascolterò e imparerò il segreto dei sette doni. Lavorerò sodo per questo. (Divino)

"Va bene. Mi piacciono i giovani determinati. Torniamo adesso, Renato ci aspetta. (Il Maestro)

"Va tutto bene. Andiamo. (Il veggente)

Abbiamo lasciato la pietra, siamo tornati per lo stesso sentiero, abbiamo ritrovato Renato e insieme ci siamo incamminati verso la casetta di paglia. Abbiamo preso una scorciatoia perché la giornata avanzava. Inoltre, attraversiamo luoghi diversi, viviamo nuove esperienze, incontriamo più persone, parliamo qualcosa per conoscerci meglio e così il tempo passa. Quando meno ce lo aspettiamo, raggiungiamo la nostra destinazione. Entriamo nella casetta, ci dirigiamo in cucina e prepariamo il cibo veloce. Al momento di mangiare abbiamo ripreso le forze e, visto che era tardi, abbiamo deciso di fare un pisolino. Io, nell'aiuola d'erba, Renato, sull'amaca, e Angel, per terra. Cosa ci aspettava? Stai al passo, lettore.

Ci siamo svegliati insieme per coincidenza. Durante il controllo dell'ora, abbiamo verificato che fossero già le 18:00. Angel, amichevolmente, ci invita a uscire e ad aiutarlo ad accendere il fuoco per scaldarci e illuminarci al posto della luce elettrica che si è rifiutato d'installare. Accettiamo l'invito, prendiamo il bosco e le imbracature di legno dietro la casa e portiamolo davanti. Quando otteniamo una buona pila, Angel ci insegna come accendere il fuoco con le pietre. Dopo alcuni tentativi, siamo riusciti e siamo rimasti per riscaldarci, guardare le stelle, goderci la brezza notturna e chiacchierare. Qualcosa delle nostre conversazioni è trascritto di seguito:

"Guarda che meraviglia ci ha regalato il mondo Dio. Ogni stella del cielo è suo figlio, proprio come noi. Non dovremmo sprecare il nostro tempo in pregiudizi, litigi, intrighi e violenze. Perché il tempo scorre veloce e dovremmo goderci ogni secondo di esso come se fosse l'ultimo. (Angel)

"Hai ragione. Non mi sono ancora goduto la vita come dovrei e me ne pento. Ero un giovane cresciuto nella rigidità della fede cattolica e la nozione di peccato che mi è stata insegnata è totalmente diversa da quella in cui credo oggi. Tutto per me era un peccato e così ho smesso di vivere esperienze interessanti. Un giorno, mi sono svegliato alla realtà e ho considerato solo l'atteggiamento che fa soffrire gli altri o te stesso. Oggi sono più felice di prima, anche se non ho mai perso la fede. (Io, il veggente)

"Peccato. Mi dispiace che il tutore mi abbia guidato bene e in tempo riguardo alla luce e all'oscurità. Oggi sono un'adolescente felice, piena di amicizie e avventure. (Renato)

"Bene, Renato. È stato un peccato, Aldivan. Ma sei ancora giovane. Avrai abbastanza tempo per tutto. Ho anche sperimentato, ai miei tempi, una sorta di repressione per la mia distinta scelta sessuale. Tuttavia, ho lottato per ciò in cui credevo. Confesso che non ero completamente felice, ma ho avuto momenti felici. Ho amato, pianto, sofferto, vivendo intensamente molti sentimenti. E voi ragazzi? Avete mai avuto qualche tipo di esperienza? (Il maestro)

"Sì, durante i miei trent'anni di vita, ho incontrato molte persone. Mi sono innamorato circa tre volte sentendo il fuoco dell'amore urlare dentro di me e posso dire che è meraviglioso. Anche se non corrisposto, grazie per l'esperienza e Sono disposto a nuove sfide in questo settore. Voglio anche investire in letteratura, matematica, relazioni personali. Comunque, cerco la felicità e credo di meritarmela. A proposito, tutti se lo meritano. (Commentato, il veggente)

"Non ho mai sperimentato l'amore perché non sono abbastanza grande per questo, né è il mio obiettivo. Voglio studiare e fare nuove amicizie per ora. (Renato)

"Ovviamente. È normale. Ma stai attento con amore. A volte fa molto male. (Angel)

"Angel, cambiando argomento, potresti spiegarci meglio come si svolgerà il nostro addestramento? (Veggente)

"Saranno sei passaggi. Ciascuno rappresenta un dono dello spirito santo. Ciascuno comporta una sfida complicata. Se vengono approvati, verranno gradualmente eliminati. Quando arriverà l'ultimo, sarai pronto a svelare la prima storia che sfida il tempo. (Ha spiegato)

"Ho capito. Quando iniziamo? (Renato)

"Domani mattina. Ma pensiamoci più tardi perché Gesù disse: Ogni giorno, la tua preoccupazione. Guarda il cielo e grazie per la vita. (L'anziano)

Obbediamo al maestro e passiamo molto tempo a osservare il cielo. Quando eravamo completamente esausti, ci siamo salutati e ci siamo addormentati. Il giorno successivo nascose avventure intriganti in una fine del mondo inutilizzata.

La prima sfida: la saggezza

Alba nel sito di Fundão. Ci siamo svegliati qualcosa storditi con i raggi del sole che colpivano i nostri volti e il canto melodioso degli uccelli. Pur combattendo pigrizia e stanchezza, siamo riusciti a rialzarci al secondo tentativo e tornare da casa per fare il bagno mattutino. Di comune accordo, vado per primo. Prendo un secchio d'acqua, riempio la cisterna e farò il bagno non così tranquillo perché ho paura di essere preso nella mia nudità da persone sconosciute. Con pochi passi arrivo a destinazione, mi spoglio e mi getto sul corpo dell'acqua fredda. Mi strofino, Sono insapore e gioco ancora qualcosa d'acqua e mentre mi lavo ne approfitto anche per pensare qualcosa alla mia traiettoria. Dove mi porterebbe tutto questo? Aveva già affrontato la grotta, le sfide, la montagna, l'Eldorado e aveva ancora una conoscenza della conoscenza. Da semplice sognatore era passato al potente veggente, capace di compiere miracoli ma che non mi aveva ancora compiuto.

I passaggi dell'evoluzione dovevano essere individuati uno per uno e dovevano essere svelati i veli delle storie critiche. Questo è quello che ho proposto e speravo di ottenere il successo. L'obiettivo più grande era essere felici.

Continuo a fare il bagno, tocco le mie parti sensibili e mi chiedo quanto sia importante mantenere la concentrazione, l'integrità, i miei valori in ogni circostanza. Dopotutto, lavorare con dedizione e tenacia era il segreto della vittoria. È stato con questi ingredienti che ho scoperto me stesso e mi sono aperto al mondo e avrei continuato ad agire in quel modo sempre.

Gioco qualcosa più di acqua nel corpo, uso sapone, shampoo e sapone e cerco di rimuovere tutte le impurità. Quando mi sento pronto, mi sciacquo, prendo l'asciugamano, mi asciugo ed entro in casa sollevato. Lo farò sapere a Renato e lui farà una doccia. Poco dopo, Angel si sveglia finalmente. Lo saluto e mi metto i vestiti. Quando sono in buone condizioni, mi avvicino e con mia sorpresa il caffè è pronto. Mi invita a mangiare e io accetto perché stavo morendo di fame.

La colazione è composta da frutti tipici del bosco come anacardi, ananas, cocomero, palma da frutta oltre alla tradizionale manioca. Una vera festa degli dei. Abbiamo mangiato in silenzio; ne lasciamo qualcosa a Renato che torna dal bagno. Quando tutti sono soddisfatti, inizia la conversazione.

"Siete pronti, sognatori? La sfida è lanciata. (Angel)

"Sì. Cosa dovremmo fare e di cosa si tratta? (Chiedo)

"Vogliamo tutti i dettagli. (Renato)

"La prima sfida riguarda il dono della saggezza. Ricercato fin dall'antichità, questo dono ha aiutato nell'evoluzione dell'umanità e ha reso gli uomini qualcosa più umani. La sfida è dirigersi a nordest del sito e decifrare un antico puzzle che si presenterà spontaneamente a te. Se commettono errori, risveglieranno l'ira degli dei che può avere gravi conseguenze. Ma non preoccuparti: mi fido totalmente di te. (Il Maestro)

"Come dovremmo agire? (Abbiamo chiesto in coro)

"La domanda è ovvia. Agisci con il buon senso e la saggezza degli umili. Si ottiene attraverso la preghiera e la meditazione continue. Ma ricorda, non vale la pena barare", ha detto.

"Quando dovremmo andare? (Chiedo)

"In questo momento, perché il tempo è essenziale. Buona fortuna e resta in contatto con il tuo interno. (L'anziano)

Angel si avvicina, ci abbraccia e finalmente ci saluta. Abbiamo preso uno zaino con cibo e una bottiglia d'acqua e finalmente siamo usciti dalla casetta. Cerchiamo il sentiero più vicino che dia accesso al nordest del sito e quando lo troviamo, abbiamo iniziato la passeggiata. Nonostante tutte le difficoltà che si presentano lungo la strada, andiamo avanti di buon passo e parliamo preparando la migliore strategia. Cosa ci aspettava? La vaga nomina di Angel ci ha lasciato pieni di dubbi, ma non abbiamo avuto altra scelta che rischiare e scoprirlo.

Lungo la strada, incontriamo pietre, uccelli, spine, voci interiori che ci guidano e la forza stimolante che muove l'universo che molti chiamano Dio o destino. A ogni passo, sembra che possiamo già decifrarlo nonostante la nostra inesperienza. Cosa succederebbe? Non importava. L'importante era il nostro impegno, era il momento che forse non si ripeteva. Non potevamo permetterci di sprecare questa opportunità perché avevo già sprecato gran parte della mia vita rimpiangendo la mia condizione. A un certo punto mi sono svegliato ed ero disposto a vivere, insieme a Renato, avventure incredibili che forse ci consolano non con le gesta in sé, ma con il coraggio. Questa era la parola chiave: coraggio.

Eccitati da questa forza, continuiamo ad avanzare aggrappati alla foresta vergine alla ricerca di qualcosa che non si era visto o che nessuno aveva mai incontrato. Con quello, il tempo passa. Dopo circa due ore, siamo arrivati esattamente al centro del nordest del sito di Fundão e non era successo niente (esattamente niente). Esausti per la fatica della ricerca, abbiamo deciso di sederci in una radura vicina, mangiare e idratarci qualcosa. Abbiamo chiuso gli occhi, ci siamo riposati qualcosa e quando abbiamo aperto abbiamo avuto una grande sorpresa:

il cielo era sparito, nuvole colorate ci circondavano, i nostri corpi galleggiavano nell'aria con facilità. Anche se abbiamo chiesto prima cosa stava succedendo, tre bellissimi angeli si avvicinano a noi in gloria, il che ci fa molta paura. Quando si avvicinano molto, mantengono il contatto telepatico e ci rassicurano, dicendo che non faranno del male, che sono solo messaggeri di saggezza. Chiedono se vogliamo davvero scoprire il dono della saggezza? Rispondiamo di sì e ci propongono un indovinello: cosa fanno due amici che tre non possono fare? E ci danno cinque minuti per pensare. Ci avvertono che se avessimo torto, cadremmo in un abisso senza fondo.

Renato e io abbiamo iniziato a discutere delle possibilità. Parliamo qualcosa di tutto, litighiamo, ci scambiamo esperienze. Alla fine, usando la mia esperienza, ho una risposta nonostante non sia sicuro che sia corretta. Mi metto in contatto con gli angeli, trasmetto mentalmente la risposta: condividi un segreto a due. Si radunano in cerchio, pronunciano preghiere misteriose, la terra trema, il cielo si oscura e alla fine del rituale una palla di fuoco ardente viene lanciata contro i nostri corpi. Abbiamo paura, proviamo a correre, ma siamo ben radicati. Contro la nostra volontà siamo circondati dal fuoco, ma con nostra sorpresa non ci brucia ma ci completa, è limpido, perfetto e attraverso di esso assorbiamo la sapienza, il primo dono dello spirito santo.

Un attimo dopo, l'emozione del momento mi fa andare in trance e dare una rapida occhiata: Matheus, era un giovane ingenuo, colto, intelligente, dotato di buone capacità perché figlio di mercanti della città di Recife. Il tempo in cui vive è il Settecento, stagione ricca ma piena di misteri e incomprensioni. Lo stesso ha diversi amici, organizza diverse fidanzate indicate dal padre, ma non ha affinità con nessuna e decide inizialmente di non sposarsi nonostante le insistenze della famiglia perché crede nell'amore vero. La sua decisione viene rispettata nonostante i rigidi criteri dell'epoca. Ma un bel giorno incontri Margareth, una giovane straniera, a scuola. I due escono, parlano, si innamorano e dopo un periodo di convivenza comunicano ai genitori. Il matrimonio è accettato e il giorno è una grande festa. Dopo la cerimonia di matrimonio, e con una trentina di giorni di matrimonio, Margaret rivela un segreto al marito: era una maga e aveva un contratto con le "tenebre", ma lo amava ancora. Tra sorpreso e deluso, Matheus riflette qualcosa e decide di non lasciarla perché l'amava come sé stesso. Ha chiesto solo discrezione per non essere presa dal tribunale dell'Inquisizione. Margaret ha promesso che avrebbe preso le dovute precauzioni. Sono passati tre anni da sospetti. Ma un bel giorno è stata scoperta, arrestata, processata e, giorni dopo, squartata in una pubblica piazza e infine uccisa. Matheus lo seguiva solo da lontano, temendo di essere accusato di complicità. Dopo di che, è entrato in una grave depressione, si è allontanato dalla società ed è impazzito quando è stato ricoverato in un istituto mentale. Quando riacquistò la sanità mentale, decise di dimenticare tutto e finì per trovare un'altra donna di nome Clara, appartenente alla sua religione e con lei aveva tre figli. Margaret era solo un ricordo che avrebbe lasciato impresso nel suo cuore, come ogni altro momento della sua vita. Ora avrebbe vissuto in pace con la felicità con la sua attuale moglie e tre figli. "Abbiamo tutti il diritto di fare delle scelte nella vita, potremmo anche sbagliare, ma tutto ciò che viviamo serve come apprendimento in modo da poter vivere nuove esperienze e raggiungere finalmente la felicità duratura".

  La visione si sta spegnendo. In un batter d'occhio, torniamo alla radura, a nordest del sito di Fundão. Di comune accordo decidemmo di tornare alla casetta e senza indugi partimmo. Abbiamo preso la stessa strada e abbiamo iniziato a tornare indietro. Lungo la strada, facciamo piani per i prossimi passi sul sito e promettiamo sempre di lavorare come una squadra e con molta dedizione. Dove andremmo? Al momento era impossibile prevedere, ma se dipendesse da noi il cielo sarebbe il limite.

  Il tempo passa, continuiamo a camminare a passi saldi e veloci e, quando meno ce lo aspettiamo, arriviamo a destinazione. Entriamo nella casetta e cerchiamo il maestro per condividere le esperienze. Cosa sarebbe successo d'ora in poi? Stai al passo, lettore.

  L'apprendimento assimilato della "saggezza"

Incontriamo di nuovo Angel nella parte che fa riferimento alla stanza appoggiata su una sedia. Ci abbracciamo e lui ci invita a sederci anche noi. Quando ci troviamo faccia a faccia, inizia un dialogo.

"Che cosa succede? Mi puoi raccontare delle esperienze che hai vissuto in questa prima fase?

"Abbiamo seguito il tuo consiglio e abbiamo preso un sentiero a nordest. Dopo molti sforzi, siamo arrivati nel luogo indicato ma per molto tempo non è successo nulla. Dopo aver chiuso gli occhi, accade un miracolo, lo scenario cambia e tre sconosciuti ci propongono un indovinello. Con solo cinque minuti per pensare, ci siamo parlati e alla fine abbiamo raggiunto un denominatore comune. Anche senza esserne sicuri, ho risposto, siamo entrati in contatto con il primo dono dello spirito e confesso che è stato meraviglioso. Poi ho avuto una visione che ha completato le mie conoscenze. (Io, il veggente)

"L'ho accompagnato durante tutto il processo e confesso che è stato davvero difficile trovare una soluzione in così poco tempo. Ma abbiamo avuto qualcosa di esperienza, abbiamo usato il buon senso e abbiamo trovato una risposta tra le tante possibili. Ne è valsa la pena perché abbiamo riciclato le vecchie conoscenze e ne abbiamo create di nuove. (Renato)

"Bene. Congratulazioni a tutti e due. Ora che sei trasformato, potresti dirmi cos'è la saggezza? (Ospite richiesto)

"È il dono dello spirito responsabile in noi della creazione, della riflessione, della capacità di apprendimento e che interconnette i sentimenti e le funzioni del cervello. È un dono necessario per l'evoluzione umana, sociale, morale, spirituale che ci fa avvicinare a Dio. Da sempre ricercata e voluta dai mortali sin dall'inizio dei tempi si mostra ai più semplici, umili ed esclusi dalla nostra società. (Io, il veggente)

"La saggezza mi guida nelle scelte, nei sogni e nei progetti di vita. Nei momenti decisivi la consulto interiormente e lei con la funzione freccia mi mostra come posso aiutare. In pochi anni, è la mappa che dobbiamo seguire per raggiungere il successo. (Renato)

"Grande. Ora che hai scoperto questo dono, puoi già avere una visione più ampia di tutto ciò che accade intorno a te, e prima non capivi.

Possiamo iniziare ad allenarci adesso. Vuoi continuare a scoprire i regali? (Domanda dell'Angel)

"Sono confidente. Non siamo qui per caso. Cosa dovremmo fare? (Chiedo)

"Siamo preparati. (Concorda Renato)

"Per prima cosa, mentre preparo il pranzo, pulisco la casa. Questo esercizio rafforza i muscoli e occupa la mente. Dopo che ci nutriremo, spiegherò cosa dovremmo fare. Bene? (Il capo)

"Va tutto bene. Accettare. (Rispondiamo in coro)

Angel si dirige verso la cucinetta, accanto al forno a legna a prendersi cura del cibo mentre Renato e io raccogliamo scopa, pala e un panno umido per aiutarci a pulire. Quando iniziamo il lavoro, ci distruggiamo qualcosa e ricordiamo l'avventura precedente. Quante volte non abbiamo dovuto aiutare i pirati nelle faccende domestiche? Avevamo pulito la nave, lavato i piatti e tutto era stato un grande apprendimento nonostante la paura dell'ignoto e la fama che avevano i pirati. Nel tempo, abbiamo scoperto che erano persone meravigliose e normali.

Ora vivevamo con Angel, un uomo quasi centenario, presunto omosessuale, detentore dei doni dello Spirito Santo, che aveva fatto la storia in un'epoca piena di pregiudizi e di autoritarismi delle élite. Fin dall'inizio, abbiamo ammirato il suo coraggio, la sua simpatia e la sua conoscenza. Sicuramente potrebbe aiutarci nel nostro cammino.

Continuiamo a ripulire e rimaniamo attenti a tutti i dettagli. Organizziamo il disordine, spolveriamo i piccoli mobili e spazziamo tutte le parti della piccola casa. Infine, togliamo l'argilla in eccesso dal pavimento. Alla fine, Angel fa un piccolo grido e ci chiama in cucina. Con pochi passi arriviamo a destinazione, ci sediamo a tavola e il padrone di casa comincia gentilmente a servirci. Avevamo riso, fagiolini, farina di manioca, pomodori e pollo. Eravamo stanchi e affamati. Ecco perché abbiamo finito di mangiare in meno di quindici minuti. Adoriamo il cibo. Dopo un breve silenzio, abbiamo avviato la conversazione.

"Cos'è questa formazione? Quanto è difficile? (Chiedo)

"Dal secondo dono, le sfide saranno più grandi e prima di affrontarti, voglio trasmetterti parte di ciò che ho imparato dalla vita per te. Ma non preoccuparti, non è eliminazione. L'obiettivo è aumentare la tua gamma di conoscenze in modo da prendere le decisioni giuste al momento giusto. (Angel)

"Ho capito. Quando inizieremo allora? (Renato)

"Subito. Prendi del cibo e dell'acqua e andremo a sudovest del sito. (Ordinato il capo)

Obbediamo ad Angel. Quando siamo tutti pronti usciamo dalla casetta cercando il sentiero più vicino che ci porti in direzione. Trovandola, abbiamo aumentato il nostro ritmo. Cosa sarebbe successo d'ora in poi? Tenete il passo, lettori.

L'inizio della passeggiata suscita curiosità. Anche se continuiamo a camminare a passo veloce, abbiamo tempo per apprezzare la natura, il clima e la presenza del nostro maestro. A ogni passo e a ogni nuovo paesaggio, non ci stanchiamo mai di chiedere alla nostra guida, che ci spiega tutto, in un grande viaggio nel tempo. Con le informazioni immaginiamo le situazioni come se fossero attuali e questo ci dà anche qualcosa di piacere e angoscia. Dove sarebbe stata questa gente nel nordest dell'inizio del XX secolo? Il   che erano vivi, come Angel, affrontarono un mondo tecnologico, pieno d'invenzioni, ma ancora moralmente ritardato. Quelli che erano morti sarebbero stati distribuiti tra le tre sfere spirituali che esistevano secondo la condotta di ciascuna durante la loro vita: l'inferno, il paradiso e la città degli uomini. Ma la vita è andata avanti in un modo o nell'altro.

Continuiamo a camminare. Avanziamo sul sentiero e, a un certo punto, Angel ci chiede di fermarci. Prende in prestito lo zaino, tira fuori la bottiglia d'acqua e ne beve qualcosa. Chiedici di fare lo stesso. Ci siamo presi una pausa per parlare qualcosa di questioni generali. Quando ci riprendiamo completamente, riprendiamo il sentiero. Camminammo ancora a lungo senza domande o domande. Proprio seguendo le orme dell'attuale maestro proprio come abbiamo fatto le altre volte.   Dopo più di un'ora di cammino, abbiamo accesso a una piccola fila di case, una cinquantina, separate l'una dall'altra. Continuiamo a seguire il nostro maestro, che ci porta in una casa semplice, in muratura, in stile casa e di una cinquantina di metri quadrati al massimo. Bussa alla porta, aspettiamo qualcosa, e da dentro esce una signora anziana, corta, capelli neri e occhi castano chiaro. È sorpresa, si avvicina non facilmente, e mentre si avvicina dà ad Angel un grande abbraccio. Ci invita a entrare, accettiamo e restiamo qualcosa senza capire fino a quando non vengono fatte le presentazioni.

"Marcela, questi sono i miei discepoli: Aldivan il veggente, (nipote del nostro compagno Vitor) e Renato. Li ho portati qui, così ho potuto incontrarli e parlare con loro per qualcosa. Marcela era uno dei membri del nostro gruppo di vigilanti, ha spiegato Angel.

"Molto contento, Marcela. (Rispondiamo in coro)

"Il piacere è tutto mio, cari. Vuoi dire che ti stai allenando con Angel? Congratulazioni per il tuo coraggio. Sicuramente, ciò che impari sarà di grande valore per il resto della tua vita. Oggi è più facile. Ai vecchi tempi no, dovevamo lavorare sodo per fare dei progressi. (Marcela nota)

"Puoi raccontarci qualcosa del tuo tempo? (Chiedo)

Qualcosa. Preferisco ricordare solo le cose buone e le conquiste. Io, Angel, Vitor, Rafael, Penelope, Cardoso e altri abbiamo formato un gruppo di vigilantes contro la richiesta delle élite del nostro tempo. Abbiamo lottato contro l'ingiustizia in generale, in difesa dei poveri, degli esclusi e degli emarginati. Lavoriamo da molto tempo, sensibilizzando la popolazione in generale e ottenendo vittorie e sconfitte. Ma è stato un periodo di repressione crudele e solo dopo molto tempo abbiamo avuto risultati concreti. La cosa più importante è che eravamo felici o quasi tutti.

Dopo aver detto ciò, sul viso già rugoso di Marcela apparve una lieve espressione di tristezza. Abbiamo sentito il tempo qualcosa pesante.

"Mi dispiace per averti fatto soffrire. Non sapevo dei tuoi dolori. (Il veggente)

"Va tutto bene. Ne fa parte. E tu, giovanotto, ti stai godendo il viaggio fino al posto? (Riferendosi a Renato)

"Sto bene. Anche se non lo considero una corsa, ma un lavoro con il mio compagno di avventure", ha risposto.

"Marcela, potresti raccontare loro la tua esperienza di "Comprensione" e assisterti nella tua ricerca? (Angel richiesto)

"Ovviamente. Nella comprensione, ogni esperienza è unica e provoca una vera contrizione, un desiderio di aprire completamente la luce. Ci fa avere una visione ampia della nostra vita personale, degli altri e del modo migliore di agire. Quando acquisiamo comprensione, abbiamo un ampio potere di dirigere la nostra vita nel modo più appropriato. Il consiglio che ti do è che non hai paura di rischiare o delle conseguenze perché è meglio pentirsi di quanto tu non abbia mai provato. Buona fortuna a tutti e due. (Ha risposto lo stesso)

"Grazie. La ammiriamo per far parte del gruppo di vigilantes, esseri leggendari del nordest, e mediteremo sui suoi orientamenti. Grazie mille per tutto. (Io, il veggente)

"Rendo le mie parole tue. (Renato)

"Va tutto bene. Ora puoi andare. Continua a muoverti a sudovest. La sfida si presenterà a te. Parlerò ancora qualcosa con la mia amica Marcela. Ci vediamo a casa più tardi. (Angel)

Obbediamo al maestro, salutiamo il nostro nuovo amico e usciamo di casa. Già fuori, abbiamo ripreso la stessa pista. Cosa succederebbe? Stai al passo, lettore.

Comprensione

Il ritorno in pista ha fatto riaffiorare in me l'ansia, l'inquietudine e le preoccupazioni sempre riferite alla mia vita personale e professionale. Inoltre, mi chiedo continuamente il futuro. In un'occasione la pressione è troppa e chiedo a Renato di fermarsi per qualcosa. È d'accordo, ci idratiamo, mangiamo uno spuntino e facciamo i nostri piani. Quando ci riprendiamo, riprendiamo la passeggiata. I nostri passi ci portano in paesaggi sconosciuti e meravigliosi, e ne approfittiamo per scattare qualche foto. L'atmosfera era tranquilla e accogliente e nulla ci faceva credere che circa ottant'anni fa quel mondo fosse un mondo di violenza e autoritarismo, ma questo era ciò che la storia aveva registrato. Stava a noi avventurieri scoprire a poco a poco i dettagli.

Continuiamo a camminare, ci rilassiamo qualcosa e ci concentriamo solo sull'obiettivo attuale. Colpisco gli ultimi dettagli con Renato, premiamo il passo avanzando sempre di più. Lungo la strada, siamo passati attraverso un frutteto giardino e ne abbiamo approfittato per assaporare un piccolo assaggio della libertà raggiunta fino a ora. Ci arrampichiamo sugli alberi come bambini, dondoliamo, lasciamo cadere frutti deliziosi, scendiamo e ci nutriamo. Comunque, ci sentiamo felici. Qualche tempo dopo, abbiamo guardato il programma e abbiamo deciso di camminare di nuovo nella stessa direzione di sempre.

Dopo una lunga camminata di due ore, abbiamo finalmente raggiunto il centro sudovest del sito. Ci siamo seduti per terra e abbiamo aspettato un segno. Tuttavia, passano più di quindici minuti e non succede nulla. Cosa stava succedendo? Quale domanda ci stava predicando il destino? Non sarebbe stato possibile che avessimo avuto così tanti problemi per niente.

Senza risposta, abbiamo parlato qualcosa e Renato mi propone una preghiera che aveva appreso dal guardiano, rivolta a un santo anonimo, sciolto da noi. Lo accetto perché mi sembra l'unica alternativa praticabile. La preghiera è la seguente: "Carissimi, del tutto inadatti da noi, ti chiedo di servire come intercessore presso il signore degli eserciti in modo che possa mostrarci un modo sicuro per mostrarci il nostro destino. Prometto che sarò il tuo scudiero fedele oggi e per sempre. Con attenzione, un avventuriero."

Dopo aver consegnato la preghiera con fede, stavamo aspettando. Cinque minuti dopo, sento una voce interiore che mi dice: piega a destra e troverai ciò di cui hai bisogno. Anche se non ci voglio credere, chiedo a Renato di aspettare mentre piscio. Raddoppia il diritto. Immediatamente, il mondo si oscura, l'oscurità e la luce si avvicinano e i miei stimmi vengono risvegliati. Soffro molto, piangi, urlo, perdo totalmente il controllo. Nel frattempo, c'è una rapida battaglia davanti a me tra un Angel e un demone. Cado a terra e l'unica opzione che ho è sperare che tutto finisca bene.

Dopo un periodo di attesa, il buono finalmente vince e l'Angel si avvicina a me. Quando mi avvicino molto, vengo oscurato dalla tua luce e devo chiudere gli occhi. Mi tocca e dice: "Toccami. L'obbedienza e il contatto mi fa avere una visione rapida: "Vedo un uomo idealista e coraggioso di nome Romão, abitante dell'Asia minore, proprietario terriero in un momento cruciale della sua vita. Aveva ottant'anni, era vedovo, era sposato da cinquant'anni con una donna meravigliosa di nome Cris in piena comunione e amore. Dalla relazione, hanno avuto cinque figli che, per ironia del destino, erano anche deceduti. Dieci anni fa viveva da solo, accompagnato solo da dipendenti e coloni che lavoravano nella sua terra. Nonostante tutte le perdite della sua vita, visse felicemente sulla sua proprietà e non negò l'aiuto a nessuno. Un giorno, eseguendo esami di routine, si è accorto di avere una grave malattia. Anche con la cattiva notizia, non ti sei ribellato. Ha iniziato a prepararsi per l'addio. Ha radunato i suoi più cari amici e domestici, ha dato una grande festa e alla fine ha consegnato la copia del suo testamento insieme al suo avvocato. Nel testo, ha passato tutti i suoi averi a ciascuno di loro, in parti uguali. Entusiasti, tutti lo abbracciarono e furono contenti perché erano poveri e tristi per l'imminente perdita del loro amico perché cosa erano i soldi a fronte di anni di comprensione, sostegno e complicità? Hanno colto l'attimo e hanno dichiarato il loro amore per lui. Quando la festa finì, tutti si salutarono. L'altro giorno, Romão è stato trovato morto, sepolto e ora vive in pace, con gli spiriti evoluti dal cielo. La lezione rimane: "Ci vogliono comprensione e discernimento per agire con generosità in ogni momento della vita. Tutto è fugace e ciò che rimane veramente sono le buone opere, pensieri e valori. Quello è l'uomo. "

La visione finisce. Quando apro gli occhi, mi accorgo di essere solo e poi decido di tornare. Raddoppia a destra, fai qualche passo e ricongiungi Renato. Mi abbraccia e mi chiede: "Perché il ritardo, mi stavo preoccupando. Sei appena andato a fare il numero uno da solo? Confermo di sì e mi giustifico dicendo che mi distrae. Lo invito a casa; accetta e continuiamo a camminare. Sulla via del ritorno, cerco di assimilare nel migliore dei modi il secondo dono dello Spirito Santo e sento una buona energia scorrere in tutto il mio corpo. Cosa sarebbe successo d'ora in poi? Stavo per scoprirlo. Abbiamo stretto il gradino, siamo avanzati sul sentiero ed esattamente nello stesso tempo siamo giunti a destinazione, la casetta di paglia, di proprietà del nostro padrone. Senza aspettare troppo, ci addentriamo e cerchiamo lo stesso. In particolare, non vedevo l'ora di vederlo e di dargli la notizia. Stai al passo, lettore.

Riunione

Già all'interno della casa, vediamo Angel nella parte riferita alla stanza e senza cerimonie, e direttamente ci siamo avvicinati a lui. Man mano che ci avviciniamo, ci saluta, ci abbraccia e inizia il dialogo.

"Che cosa succede? Ci sei riuscito di nuovo?

"Sì. Sviluppiamo qualcosa di più il nostro potenziale svelando il secondo dono dello Spirito Santo, ma vogliamo di più. Qual è il passaggio successivo? (Rispondere)

"Vogliamo tutti i dettagli e il modo più appropriato per agire. (Complementi Renato)

"Facile. Sei molto ansioso. Il passo successivo è ancora lontano. Parliamo di quello attuale. Cosa hai imparato dalla nuova esperienza? (Il capo)

"Ho scoperto attraverso la visione della storia che ci vuole molta comprensione, pazienza e coraggio per fare le scelte giuste e che la prima si ottiene in vari modi, a seconda del grado di evoluzione dell'individuo. Come dice il proverbio, la vita insegna in un modo e il successo dipende molto più dall'esperienza, dalla tenacia e dalla dedizione di ciascuno che da qualsiasi altra cosa. (IO)

"Non ho partecipato direttamente all'esperienza del veggente, ma convivo da molto tempo con il guardiano della montagna, che mi ha sempre dimostrato che la riflessione e l'analisi sono sempre strumenti importanti da utilizzare in ogni momento della vita. Ci sono due possibilità: o commettiamo un errore o lo facciamo bene. Con errori, apprendimento e successi ci mostrano che siamo vicini all'obiettivo da raggiungere o al successo stesso. (Renato)

"Bene. Conclusioni brillanti. Non mi aspettavo di meno da te che ti presenti come un duo dinamico. Solo non dimenticare questo vecchio qui quando hai successo. (Angel)

Lacrime invadenti sono sgorgate dal viso di Angel e anche l'emozione prende il sopravvento. Ci avviciniamo, ci abbracciamo ancora una volta e creiamo un cerchio di amicizia, di energia intorno a noi. Abbiamo passato molto tempo in questa posizione fino a quando non ci siamo ripresi. Inoltre, ci siamo lasciati e Angel comunica di nuovo:

"Bene, goditi il resto del pomeriggio per riflettere e riposare. Mi occupo della cena. Pensa alla prossima sfida, al terzo dono che è "il consiglio".

Detto questo, Angel uscì dalla stanza e andò in cucina. Renato e io abbiamo combinato alcuni dettagli del passaggio successivo e, infine, ci siamo sdraiati e abbiamo fatto un pisolino. In questo momento di riposo, nulla può ostacolarci, nemmeno problemi personali e professionali. Ci vediamo nel prossimo capitolo, lettori.

Cena e serata a Fundão

Quando ci siamo svegliati, abbiamo controllato l'ora, ed erano quasi le 7:00 di notte. Immediatamente ci siamo alzati e ci siamo diretti in cucina. Mancano solo pochi passi e arrivati a destinazione troviamo Angel seduto al tavolo. Ci saluta, tira un sospiro di sollievo e inizia a servirci. Il menu è zuppo di pollo, e mangiamo molto la prelibatezza. A cena abbiamo parlato di tutto e scambiato esperienze.

Quando abbiamo finito, Angel ci invita a uscire, lo accettiamo e lo accompagniamo. Cinque minuti dopo, già fuori, contempliamo l'universo rappresentato attraverso le stelle. Angel ci insegna su di loro, parla del nome e della sua importanza. Poi, accende un fuoco per riscaldarci al freddo tipico di quella regione nella stagione invernale. Le stavamo intorno e abbiamo colto l'occasione per conoscerci meglio.

"Sai, Angel, non avrei mai immaginato che tu fossi qui un giorno perché la vita mi è sempre stata ingrata. Fin da bambino, ho affrontato così tanti ostacoli, ho quasi pensato di smettere. Tra questi, le più difficili sono state la mancanza di preparazione e il lato finanziario. Mi ci è voluto molto tempo per svilupparmi ed è stato solo dal 2010 che la mia speranza è rinata in ogni modo nella mia vita. (I)

"Ho capito. Ai miei tempi ho anche dovuto affrontare molte sfide. Alcuni giganti. Ma non mi sono arreso e ho avuto almeno momenti felici. Ma la stagione oggi è migliore. Hai talento, carismatico e dovresti pensare solo al presente. Costruisci ora il tuo futuro insieme al tuo compagno di avventure Renato. (Consigliato all'anziano)

"È quello che gli dico sempre, maestro. Tutto in tempo utile. L'importante è che siamo già alla terza fase di una lunga carriera letteraria che Dio vuole. (Renato)

"Hai ragione. Ma indipendentemente da qualsiasi risultato non dimenticherò le mie origini e le difficoltà iniziali. Negare questo non sarebbe etico da parte mia. (I)

"Figlio di Dio, poiché spetta a te sperimentare il potere dei doni, è diverso dalle tue precedenti esperienze? (Angel)

"Molto diverso. Ho affrontato la grotta, gocciolato trappole, trasformato in veggente, viaggiato indietro nel tempo, risolto conflitti e ingiustizie, radunato le "forze opposte", tornato sulla montagna, indagato sui peccati capitali, viaggiato su un'isola, incontrato pirati, ha vissuto la parte più densa della "notte oscura", è entrato nell'Eldorado, ha avuto contatti, tra le altre cose, con un pericoloso prigioniero. Tuttavia, niente come lo sviluppo di doni che mi porta ogni passo che faccio verso un destino inesplicabile. (Ho confessato)

"Sono d'accordo con lui. Prima di sapere cosa, stavamo cercando e fino a che punto potevamo arrivare. Tuttavia, ora, non ci fermiamo a trovare sorprese in ogni momento e non sappiamo quando arriverà la visione o il suo contenuto. (Renato)

"Va bene. L'importante è non scoraggiarsi. Sarò con te e ti aiuterò con tutto ciò che serve per quanto riguarda i primi sei doni. Dal settimo, sarà una nuova fase. (Angel Rivelato)

"Va tutto bene. Ti ringraziamo di tutto cuore. Ogni persona che attraversa le nostre vite e che aggiunge qualcosa di buono, la chiamo maestro. Sei uno di loro, ti ammiro tantissimo, spero d'imparare sempre di più e proseguire la mia carriera. (IO)

"Grazie. È uno scambio reciproco di conoscenze. Non è perché sono vecchio che non posso imparare. La saggezza non è usata dagli anni, ma dall'apertura mentale alle forze celesti. Andiamo insieme. (Angel)

"È così che parli. Siamo una squadra. (Renato)

Ci siamo presi tutti e tre per mano, Angel ha fatto una veloce preghiera e dal nostro incontro è spuntata una luce minuscola ma forte e splendente. Ha preso il volo e ha raggiunto lo spazio in pochi secondi. Quando siamo completamente andati, siamo spaventati, ma Angel ci rassicura. Ci disse che la luce rappresentava il potere della nostra amicizia e che finché fosse rimasta vicina a Dio, sarebbe durata per sempre. Dipendeva da noi.

Dopo l'apparizione, abbiamo continuato a parlare per divertirci. Il tempo passa e quando è troppo tardi, Angel suggerisce di smettere di alzarsi presto e con molta grinta. Accettiamo l'invito, entriamo nuovamente in casa, ognuno dormirà al suo posto e l'altro giorno porterà sicuramente più emozioni nella nostra vita di avventurieri.

Il terzo regalo

Alba. La brezza mattutina riempie tutto l'ambiente, e finiamo per risvegliarci aiutati dalla limpidezza provocata dai raggi del sole che accarezzano i nostri volti. Inizialmente, pieno di stanchezza, non riesco a muovermi dall'erba in cui mi trovo. Ma faccio fatica e dopo tre tentativi riesco ad alzarmi. In piedi, mi avvicino a Renato e lo incoraggio a fare lo stesso. Con il mio aiuto si alza anche lui. Per quanto riguarda Angel, sta ancora dormendo, e abbiamo deciso di non disturbarlo. L'istante successivo, abbiamo bevuto qualcosa d'acqua e abbiamo deciso di andare a lavarci dietro casa, ciascuno a turno. Lui va per primo e io aspetto. Nel frattempo, penso qualcosa a me stesso. Cosa mi ha fatto rischiare così tanto in avventure sempre più insolite? Certamente, il motivo principale era il piacere della professione che aveva scelto, nel tentativo di ribaltare schemi, stereotipi e pregiudizi, cioè di trasmettere un messaggio di conoscenza, speranza e fede a un mondo in ritardo e travagliato. Inoltre avevo un appuntamento con me stesso e con la veggente, quella che emerse dall'ingresso della "grotta della disperazione". Quindi, ero determinato a continuare a prescindere dai rischi.

Continuo a riflettere su questo e su altri argomenti, il tempo passa qualcosa e finalmente Renato torna dal bagno. Ci salutiamo, lui chiede la licenza per cambiarsi e io ne approfitto per andare a lavarmi anch'io. Prendo il mio portasapone e lo shampoo, attraverso la casa in pochi passi e quando arrivo in cucina, prendo un secchio, esco di casa, rimango sul retro e controllo se c'è la presenza di estranei in giro. Per fortuna è troppo presto e per ora non c'è movimento. Mi dirigo alla cisterna, riempio il secchio e torno velocemente sul retro della casa. Anche qualcosa spaventato, mi tolgo i vestiti. Metto qualcosa d'acqua sul mio corpo, mi insaponano, mi sciacquo e comincio a massaggiarmi. Mi sforzo di rimuovere le impurità dal mio corpo e l'esercizio mi porta un incredibile relax nonostante alcune preoccupazioni personali. Inoltre, ci penso qualcosa. Cosa stava succedendo a casa mia con la mia famiglia, amici e conoscenti? Be' ', qualunque cosa fosse, credo nella loro capo della tifoseria, così posso evolvermi ed essere in grado di scoprire qualcosa il velo del destino. Proverei così tanto a non deluderli.

Sono sicuro che mi strofino di più, mi metto del sapone liquido su tutto il corpo e mi sciacquo su tutto il corpo. Inoltre controllo ogni dettaglio e quando mi convinco di essere pulito, prendo l'asciugamano, mi raggomitolo e torno a casa, precisamente in camera. Con pochi passi, arrivo a destinazione, incontro Renato e Angel, che è già a parte. Delicatamente i due mi danno cinque minuti in modo che io mi cambi e scelga un bel vestito: una camicetta a righe, jeans e una biancheria intima rossa che rappresenta il fuoco che mi ha consumato. Mi metto anche un berretto, un paio di scarpe e occhiali da sole per dare qualcosa di fascino. Quando sono pronto, esco dalla stanza, li cerco entrambi e li incontro in soggiorno a guardare un album di foto.

All'arrivo, sono anche invitato a godermi le foto. Angel me li mostra ognuno di loro, sono vecchi e ognuno di loro risveglia qualcosa il ricordo di quel vecchio saggio. Vediamo le foto della sua famiglia, dei suoi conoscenti, degli amici e dei partecipanti al gruppo di vigilantes e persino dei cangaceiros, leggendari banditi del Nordest divenuti famosi in quel periodo. Pieni di curiosità, chiediamo tutti i dettagli, e ce lo spiega gentilmente. Quando arriva alla foto di un giovane muscoloso, biondo chiaro, bello e qualcosa peloso, si commuove e dice: "Questo è Vitor, il mio unico vero amore. Peccato che se ne sia andato così presto. Guardo la foto del mio antenato in dettaglio e ho dovuto ammettere anche se ero un uomo che era attraente. È stato spiegato il culto dell'Angel per lui. Rispettiamo i sentimenti del nostro maestro e non commentiamo nulla. Vediamo altre foto e si ricompone. Dopo aver finito di vedere le foto, Angel ci chiede di aiutarlo in cucina e coglie l'occasione per preparare il caffè per alleviare la nostra fame.

Quando tutto è pronto, ci sediamo a tavola e iniziamo a nutrire. Durante il pasto, facciamo conversazione con Angel per ottenere ulteriori informazioni sulla prossima sfida.

"Qual è esattamente la terza sfida, maestro, e come affrontarla? (Chiedo)

"Andrai a nord verso l'albero, simbolo del mio amore per Victor. Affronterai il tuo destino e proverai ad ascoltare dentro di te. Ricorda i consigli dei tuoi maestri e applicali nella situazione desiderata. (Angel)

"Ho capito. Dobbiamo ricordare le nostre esperienze e decidere, usando la saggezza, quale consiglio applicare. Ma hai altri suggerimenti da darci? (Renato)

"Lo voglio. Non lasciarti trasportare dall'ambizione del potere o dalle apparenze. Seducono, ma alla fine non portano il successo o la tanto agognata felicità. Decidi solo al momento giusto. (Angel)

"Bene. E cosa dovremmo fare? (IO)

"Renato ti accompagnerà in caso tu abbia bisogno di aiuto. Entrerai in profondità nella storia di Vitor, ma non chiaramente. Solo quando completi la fase di sei non puoi ottenere la prima visione della storia. (Ha spiegato l'ospite)

"Quando partiremo? (Renato)

"Dopo la prima colazione. Ora, divertiamoci a mangiare tranquillamente. (Il capo)

Obbediamo al maestro e ci nutriamo in silenzio entro dieci minuti. Quando abbiamo finito, ci siamo salutati, abbiamo preso le borracce e lo zaino con del cibo e siamo andati alla porta di uscita di casa. Con qualche passo in più, siamo già fuori e abbiamo preso il sentiero più vicino che ci ha portato a nord. Da lì è iniziata una nuova sfida che non sapevamo come sarebbe finita o quali risultati avrebbe prodotto. Restiamo uniti, lettore.

L'inizio della nuova passeggiata produce in noi una grande ansia, come se non avessimo mai partecipato ad avventure. Era qualcosa che accadeva in modo ricorrente e ci ha ricordato i nostri primi passi, l'avventura di forze opposte, il viaggio del tempo fino a Mimoso e, più recentemente, tutte le avventure e le ricerche della notte oscura dell'anima. La traiettoria finora è stata breve, ma ricca e questo ci ha dato la forza per continuare.

Uniamo quella forza e rafforziamo i nostri passi. Affrontiamo gli ostacoli naturali del percorso tra spine, pietre e la paura di trovare qualche animale selvatico. E ci stiamo muovendo sempre di più. In una ventina di minuti superiamo un terzo della distanza e la conquista ci rende più felici. Ma non per molto. Davanti a noi, la nostra visione è disturbata come due monaci vestiti con costumi neri, ciascuno montato su un leone e armato di spada.

In pochi istanti ci vengono incontro e gridano: "Se vogliono continuare, dovranno affrontarci e vincere. Se perdi, dovrai andartene e abbandonare i tuoi progetti. Cosa ne dici? C'è ancora la possibilità di arrendersi.

Pieni di paura, Renato e io abbiamo parlato e lo abbiamo convinto a lasciare tutto nelle mie mani. Fissai i monaci e dissi: "Va bene. Ma lascia fuori il mio amico e compagno Renato. È ancora troppo giovane per correre il rischio in questo modo. Vi affronterò entrambi.

I monaci si sono parlati per qualche istante e quando hanno deciso si sono rivolti a noi: "Accettiamo. Ma affronterai uno alla volta la lotta impari. Uno di noi è il Maestro Hiorishida, esperto delle arti marziali più pericolose. L'altro è un potente telepatico. La battaglia inizierà!

Detto questo, hanno colpito la spada a terra e un cerchio di fuoco ci ha avvolti. Renato rimase fuori a guardare. Il primo monaco è saltato nel cerchio e così facendo, ho pensato, sono fritto. Come affrontare un maestro di arti marziali? Per ora, non ho in mente alcuna strategia. Mi aspetto che l'avversario prenda l'iniziativa. Involontariamente, ricordo il combattimento con il Guerriero nella grotta e una luce alla fine del tunnel si accende per me.

L'avversario si avvicina, mi saluta e si allontana qualcosa. Sei in posizione di attacco. Al momento, osservo i suoi movimenti solo per studiarlo. In pochi istanti inizia la lotta. Usando le sue arti marziali, inizia a segnare colpi potenti e a eseguirli. Alcuni li difendo e altri li soffro perché è molto veloce. Quando penso a colpire, non ha difficoltà in difesa. Senza via d'uscita, mi sento ancora maltrattato dall'avversario. A un certo punto, mi stanco per la prima volta. Delicatamente, il primo monaco si allontana e aspetta di farmi rialzare per ricominciare il combattimento. Mi prendo una pausa e mi preoccupo della trasformazione della caverna e lascio agire il sensitivo. Adesso ero più preparato. Ora avrebbe affrontato un essere dotato di doni, capace di trascendere il tempo, la distanza e la comprensione dei cuori più confusi.

L'istante successivo, mi alzo e chiamo l'avversario in battaglia. Si avvicina furiosamente, mi lascio attaccare e già conoscendo le sue debolezze contro il colpo duro. Il mio colpo lo colpisce anche se è forte ed esperto. È impressionato. Ma questo non lo fa arrendere. Si allontana qualcosa, si mette in posizione di battaglia e colpisce di nuovo. Dato che stava usando un'altra tecnica, riesce a ferirmi e ad abbattermi una seconda volta. Delicatamente, si allontana di nuovo. Rifletto qualcosa e mi dico: "Ragazzo noioso ed energico. So come prenderti! Inoltre, mi intrufolo qualcosa di sabbia in mano, mi alzo e parto per un nuovo attacco.

Quando mi avvicino molto al tuo viso, lancio il mio veleno e cade a riva. Approfitto del tuo momento di debolezza e lo colpisco in vari punti vitali. In pochi secondi, chiede clemenza e la lotta è finita. Si ritira, si riposa qualcosa e il prossimo combattimento con il telepatico stava per iniziare. Avrebbe avuto successo di nuovo? Stai al passo, lettore.

Il secondo monaco entra nel cerchio di fuoco e si mette in posizione di battaglia. In una manciata di secondi, lo stesso proferisce preghiere incomprensibili e immediatamente avverte un impeto che provoca in me un intorpidimento. A poco a poco, perdo i sensi e quando sono quasi addormentato sento il mio spirito lasciare andare il corpo materiale di un singolo dosso. Immediatamente mi vedo fuori dal corpo, sento il sapore della libertà che questo mi provoca e quando osservo anche io vedo il mio avversario in spirito davanti a me.

Rapidamente, il monaco si concentra e crea armi spirituali con l'obiettivo di attaccarmi. Con questo, sono obbligato a proteggermi anche usando i miei poteri psichici. Quando siamo pronti, finalmente inizia la lotta. Con grande velocità ed esperienza, vengo attaccato in vari modi e inizialmente penso solo a difendermi e schivare gli attacchi. Il più delle volte riesco a raggiungere l'obiettivo, ma il mio avversario è così abile che di volta in volta mi colpisce ancora. In uno di questi, mi ha colpito duramente che ha causato la mia prima caduta. Prendo questo rapido momento per riflettere e riallineare la mia strategia. Attaccherebbe anche se fosse abbastanza rischioso.

Al primo tentativo non ho successo, sono di nuovo ferito, ma non mi arrendo. Continuo a provare finché non lo prendo. Sembra essere spaventato ma si riprende presto ma colpisce ancora, ora più forte e più veloce. Cerco di rispondere all'altezza e la lotta diventa sempre più interessante. A ogni scontro delle nostre spade, il mondo sembra tremare e voler distruggere sé stesso come nella guerra tra angeli. È lì che mi viene un'idea. Provoco un incontro frontale tra le armi, che si traduce nella loro distruzione. Pronto. Tutto è stato salvato. Il mondo non sarebbe finito, né Dio avrebbe dovuto dare fuoco all'universo per evitare una catastrofe più grande.

Il mio avversario non ama il mio atteggiamento, si concentra di nuovo e mi colpisce forte con i suoi poteri mentali. Cado in ginocchio, perplesso e stordito. Nella mia mente tormentata passano canarini, pecore, cavalli e visioni distorte di luce, l'oscurità provoca di nuovo in me un incontro delle "forze opposte" e il risveglio della mia potente, pericolosa e oscura "Notte oscura dell'anima". Ottengo un momento statico senza reazione finché la luce non si avvicina e sento una voce sottile che mi chiama da lontano. Mi concentro sulla mia voce e in pochi istanti riconosco la guardiana, la mia prima maestra spirituale, e seguo i suoi orientamenti interiori alla lettera. Mi fa ritrovare i sensi, sono più rilassato e finalmente posso alzarmi.

Affronto di nuovo il mio avversario, riconosco la sua superiorità, ma utilizzo tutte le forze a mia disposizione. Colmo il divario tra luce e realtà e attacco tutto in una volta. E la strategia funziona. Il mio avversario cade, privo di sensi. Il cerchio del fuoco si apre e corro ad abbracciare Renato. Il primo ostacolo era stato superato e tutti hanno partecipato alla vittoria, sia negli applausi che nei consigli. Ora spettava a noi rimanere sul sentiero.

Aspettiamo che il monaco si riprenda; ammette la sconfitta e ci lascia passare. Abbiamo quindi ripreso il cammino e siccome avevamo ritardato qualcosa abbiamo affrettato ancora di più i nostri passi, avanzando nella natura aspra. Lungo la strada, abbiamo attraversato nuove esperienze, nuovi e interessanti luoghi e persone, ascoltato il suono della foresta, sassi gocciolanti, massi e spine, il tutto di fronte a un cocente sole estivo. Dove ci porterebbero le nostre avventure? Non lo sapevamo, abbiamo solo mantenuto le promesse del destino che si è rivelato e nascosto a ogni nostro passo. Ma continueremo a provare. Questa è stata una decisione finale.

Continuiamo ad andare avanti e in un dato momento abbiamo superato metà percorso. L'impresa ci rende di nuovo felici. Tuttavia, sapevamo che potevano apparire nuove difficoltà. Ed è quello che non ci vorrà molto. Pochi passi più avanti, siamo circondati dai caboclos, spiriti protettivi della foresta. Ci affronta e il loro capo si avvicina e cerca di stabilire un dialogo.

"Cosa stai facendo qui? Sei stato nel bosco da molto tempo; vuoi fargli del male?

"Non c'è modo. Al contrario, siamo protettori. Siamo qui per una missione della massima importanza, un viaggio di lavoro. Ti garantisco che non faremo del male a nessuno. (IO)

"Siamo i pionieri del tempo e cerchiamo pace, riconoscimento, amore. Comunque, stiamo cercando l'evoluzione. (Complementi Renato)

"Credo che vada bene. In ogni caso, sappi che sarai guardato continuamente. Non impiegare troppo tempo. C'è un limite di tempo al giorno nel bosco. (Il capo degli spiriti di caboclos)

Detto questo, se ne sono andati. Non abbiamo avuto il tempo di chiedere maggiori dettagli sul limite e quindi, nel caso, ci siamo affrettati ulteriormente. Continuiamo a camminare, avanzare e superare i tre quarti del percorso in un periodo considerevole. Immediatamente i dubbi ci derubano, ma non abbiamo tempo per pensarci. L'importante era non vacillare in un momento così importante.

Ci muoviamo ancora oltre e ci avviciniamo al nostro destino. Subito dopo arriviamo davanti all'albero piantato da Angel e Victor, simboli del loro amore. Mi centro e sto per toccarlo di nuovo, ma prima di fare la mossa, una voce familiare grida dietro di me: "Non muoverti.

Mi volto indietro e vengo con Angel che si sta avvicinando velocemente. Inoltre spero che arrivi a darmi le spiegazioni necessarie.

«Stavi per ucciderti. Ma sono contento di averti trovato in tempo. Volevo chiederti se hai mai esplorato i tuoi chakra.

"No, maestro. Non so nemmeno cosa sia Chakra o lo sfrutto. Come lo faccio? (Veggente)

"I chakra individuali sono responsabili del controllo del flusso di energia carnale e spirituale. Usano la luce solare per alimentare la nostra aura e se sviluppiamo correttamente questo potere, possiamo emettere la nostra energia spirituale verso l'esterno rendendo più facile la comprensione di molte cose. Per esplorarlo devi concentrarti sull'ambiente, sentire la sua magia, il suo potere e quando ti concedi completamente potrai capire più facilmente la sfida attuale. (Il capo)

"Questo, mi dispiace. Segui ciò che ha detto il maestro e ricordati di dimenticare tutto ciò che ti circonda. Ricorda gli insegnamenti precedenti. (Richiamato Renato)

"Va tutto bene. Almeno ci proverò. (Ho confermato)

Detto questo, giro le spalle ai miei compagni, chiudo gli occhi, dimentico tutte le preoccupazioni, i desideri, le preoccupazioni, le compagnie e comincio a concentrarmi sulla luce che riscalda e dà vita al pianeta. Usando il mio tocco spirituale, immagino le stelle, le stelle, i pianeti, le comete, i soli, le galassie, gli esseri, tutto questo fa parte della ruota della vita, inventato da un grande Dio, onnisciente, onnipotente, onnipresente ma invisibile alle sue creature. Cerco di connettermi a questo grande potere, solo per riuscire a capire me stesso in quel momento e in questa ricerca viaggio attraverso le numerose dimensioni esistenti. In tutto riconosco il suo nome, ma noto ancora molte tribolazioni e la natura urla costantemente intorno a me. Ed è allora che mi fermo e grido anch'io: "Dio mio Dio, vieni e aiutami! Sono così triste, sono solo, non ho conosciuto l'amore né ho scoperto il potenziale dei miei chakra.

Aspetto una risposta per qualcosa, nessuno mi risponde, sono deluso e quando già stavo rinunciando al mio obiettivo, sento una voce interiore dirmi: "Non sei solo e non devi cercami in spazi lontani perché sono dentro di te, sono parte di te. Inoltre, circa due millenni fa mi sentivo anche solo addolorato e solo perché sono stato tradito e offeso dalla mia gente. Ma ho vinto. Se credi in me e tieni con fiducia nella mia mano, posso fare miracoli nella tua vita. Vuoi il mio aiuto?

Ancora confuso da tutta questa rivelazione, non esitai e mentalmente disse la voce: "Sì, consegno interamente il mio destino nelle tue mani. Farò la mia parte per aiutarti.

Dopo la risposta, ho sentito un'esplosione mentale, tutto gira intorno, diverse visioni accadono rapidamente, ma non mi concentro su nessuna di esse. È allora che sento qualcosa di diverso in me, un flusso di energia che attraversa tutto il mio corpo e mi fa vedere da lontano. In un attimo ho il controllo su me stesso e quando mi sento al sicuro riapro gli occhi. Ritorno alla posizione iniziale e incontro i miei compagni di avventura.

Senza domande, mi rivolgo all'albero e mentre il tocco ho un'altra visione rivelatrice: "Herbert era un povero contadino del nord dell'Egitto. Le sue caratteristiche principali sono: ambizioso, intelligente, perspicace, maturo e riflessivo. Fin da giovane, ha cercato in vari modi di ottenere fama, ostentazione e denaro ma nessun seme non poteva raggiungere il suo obiettivo. Ma era un combattente. E un giorno ha incontrato un padrone di casa che lo ammirava con la sua intelligenza gli ha dato la possibilità di aiutarlo a gestire i suoi affari. E non hai deluso. Aiutato dalla sua intelligenza, ha fatto buoni investimenti che hanno portato buoni risultati al suo capo e il modo in cui guadagnava su commissione ha anche migliorato la sua vita. Da un momento all'altro, aveva abbastanza soldi per realizzare tutti i suoi sogni e riflettendo, decise di godersi la sua vita in: feste, viaggi, donne e attività che coinvolgevano il tempo libero, ma gli era sempre stato consigliato di risparmiare ma come aveva fissato il lavoro non si curava molto di questo consiglio. E poi il tempo passò e all'apice del potere e della fama, una volta, durante uno dei suoi viaggi, incontrò un mendicante che gli chiese l'elemosina ma non gli diede alcuna attenzione. Perché non ha lavorato? Pensiero. Si diceva: ho sempre lavorato, cercato e un giorno ho avuto la mia possibilità. Non ho niente a che fare con il tuo problema, ha concluso. Dopo questo fatto, pochi mesi dopo, ha sbagliato un calcolo, ha fatto un cattivo investimento e senza aspettare è stato licenziato. Fu allora che cercò i suoi risparmi e scoprì di aver speso tutto. Cercava un altro lavoro, ma nessun altro si fidava di lui. Alla fine, è finito per strada e ha mendicato come quell'uomo che ha rifiutato di aiutare. Morale della favola: è sempre bene aiutare. Indipendentemente dalla nostra posizione o classe, se ti rifiuti di aiutare, l'universo paga il doppio. Moltiplica i tuoi soldi, ma condividili e risparmia in modo che la tua scrivania sia sempre stanca e per mantenere la felicità. Questo è un consiglio di vita e tutti quelli che seguono andranno molto d'accordo ".

La visione finisce. Mi allontano dall'albero, mi avvicino ai miei compagni, e insieme decidiamo di tornare subito a casa per scambiare idee più tranquillamente. Abbiamo quindi ripreso il sentiero e abbiamo iniziato a tornare indietro. Lungo il percorso riviviamo luoghi fantastici, incontriamo persone e animali, li salutiamo e seguiamo il nostro percorso portando con sé i ricordi delle avventure precedenti e attuali. Cosa sarebbe successo d'ora in poi? Non ne avevamo idea ed è questo che ha dato alle nostre avventure un sapore speciale.

Restiamo avanzati pieni di aspettative e ansia nonostante abbiamo già completato tre fasi. A ogni passo compiuto, davanti a noi veniva mostrato un nuovo apprendimento. E avevamo l'obbligo di assimilare tutto per avere una visione ampia sugli argomenti. Nacquero così i due libri precedenti, e io ero pienamente impegnato nel terzo, un terzo ancora confuso, distante e in incognito per aver mostrato una gigantesca sfida da superare, la questione dello sviluppo dei sette doni, e la ricerca continua Evoluzione. Tuttavia, nonostante i rimpianti, resterei in battaglia.

Stiamo ancora andando avanti. Il tempo passa e in circa due ore potremo fare tutto il viaggio. Arrivati a destinazione, ci siamo riuniti nella stanza e abbiamo iniziato a riflettere su ciò che abbiamo appreso in precedenza. Inizierò la conversazione.

"Maestro, ho una domanda. Avrò ancora maggiori difficoltà rispetto a questa sfida? Quali sono i rischi? (Chiedo)

«Sicuramente, mio caro nobile, che si definisce figlio di Dio. Con ogni nuova sfida, dovranno essere fatte nuove difficoltà e scelte difficili. Ma non preoccuparti: stai facendo un buon lavoro ed è probabile che arriverai fino in fondo alle storie che promettono di essere abbastanza rivelatrici. Per quanto riguarda i rischi, ce ne sono molti. Maggiori dettagli, darò nei prossimi capitoli di questo romanzo. (Angel)

"Se hai bisogno di me, sarò qui e nel momento critico sarò essenziale come sempre. (Renato)

"Grazie, Renato, per la tua disponibilità. So di poter contare su di te sempre, amico mio. Allora, qual è il prossimo passo, Angel? (Veggente)

"Non essere di nuovo in ansia. Per prima cosa dimmi a quali conclusioni sei arrivato quando sei entrato in contatto con il mio albero. (L'anziano)

"La prima volta, ho sentito la grande forza di un sentimento profondo che può davvero essere chiamato amore. Dal secondo ho avuto una visione del terzo dono, il concilio, che mi ha fatto capire allo stesso tempo l'amore insieme a lui. Dobbiamo riflettere e, per poter percorrere una strada sicura, dobbiamo ascoltare i consigli di persone esperte che ci mostrano qualcosa di cosa sia la vita. Se ci rifiutiamo di farlo, non scopriremo completamente il nostro potenziale, né avremo l'opportunità di essere completamente felici perché la felicità si manifesta nella carità, nei buoni atteggiamenti, nell'amore spirituale. L'amore è anche rinuncia, resa, comprensione, compagnia, complicità, ecc. E devi congratularti con te per aver amato così profondamente un giorno. (Ho detto)

"Splendida. Ora sei pronto per continuare e chissà come essere completamente felice. Grazie per il complimento. L'amore è così, accade all'improvviso, che sia per renderci felici o per farci soffrire. Non abbiamo scelto. Ma possiamo decidere di continuare o rinunciare allo stesso. E questa è una delle scelte difficili da fare ed è qui che il consiglio di una persona esperta diventa uno strumento essenziale per raggiungere il successo. (Angel)

"L'amore si traduce anche in amicizia. Amo il veggente dal mio cuore. (Dichiara Renato)

Il discorso di Renato mi emoziona e ci abbracciamo. Per un momento, creiamo una fantastica atmosfera di accoglienza e pace spirituale. In questo momento, la nostra luce risplende più luminosa nel cielo e ribadisce il nostro impegno. Saremmo amici per sempre, non importa cosa. Dopo che ci siamo lasciati, abbiamo parlato qualcosa di più di tutto, pianifichiamo i prossimi passi e quando tutto sarà sistemato, prepareremo il nostro pranzo. Facciamo questo compito velocemente, ci nutriamo, facciamo altri lavori, ci riposiamo e riflettiamo per il resto della giornata. Il giorno successivo avrebbe rivelato sorprese e domande ancora più fantastiche. Resta al passo, lettore.

Continuando la preparazione

Alba sul sito della fondazione. A un certo punto, ci svegliamo, ci sforziamo di alzarci e, dopo alcuni tentativi falliti, finalmente ce l'abbiamo fatta (io e Renato). Angel, invece, rimane addormentata e noi rispettiamo la sua età e le limitazioni fisiche inerenti a lei. Lo passiamo e inizieremo a fare la normale routine al mattino (fare il bagno, preparare il caffè, nutrire e lavarsi i denti). Nello svolgimento dei compiti, cerchiamo di essere efficienti e agili nel miglior modo possibile e di andare molto d'accordo con umiltà. In meno di un'ora stiamo già facendo colazione in tavola. In questo momento, il maestro appare, ci saluta e si siede accanto a noi.

Si serve e proviamo a tirare la conversazione per ottenere ulteriori informazioni sulla sfida attuale.

"Maestro, potresti spiegarci più in dettaglio la sfida proposta dai sette doni? Finora stiamo andando bene? Come agire d'ora in poi? (Ho chiesto)

"Molte domande contemporaneamente, mia cara. Ma è ok. Proverò a spiegartelo. La sfida dei doni mira a prepararti ad affrontare una dura realtà nella visione che verrà presentata e si compone di due fasi: La prima, composta dai primi sei doni, di cui tre sono realizzati, si svolge qui a Fundão, con il mio aiuto e Renato. Dopo, il secondo, composto dal settimo dono e da altri cinque stadi che metteranno alla prova il tuo potere interiore e ti faranno visualizzare i problemi attuali, le possibili soluzioni e insieme alla prima visione può produrre "L'incontro tra due mondi", il dilemma da essere risolto. Quando finisci il primo passaggio, sarai guidato meglio al riguardo. Per quanto riguarda la tua performance, non stai lasciando a desiderare, la tua esperienza ti ha aiutato molto. Ma è troppo presto per festeggiare poiché le sfide diventeranno più grandi e richiederanno molte prestazioni e ragionamento per entrambi. Bene, ora, devo informarti che trascorrerai la giornata con me, e insieme svilupperemo la visione, nel caso del veggente, con Renato che ha una conversazione privata e personale con me in modo che possa guidarti su alcune cose. (Ha spiegato Angel)

"Ho capito. Per me era abbastanza chiaro. Quando andiamo via? (IO)

"Dopo aver finito il caffè. Ma non preoccupiamoci del lavoro adesso. Godiamoci perché è ottimo il cibo che hanno preparato. Chi l'ha cucinato? Devi essere congratulato. (Il padrone di casa)

"Ero io. Il sensitivo sa solo come fare l'uovo fritto. Quanto alla nostra conversazione, sarà grave? Pensavo che il tutore mi avesse già preparato. (Renato)

"Facile. Sei saggio, ma hai bisogno di una guida. Fidati di me, e andrà tutto bene. (Angel assalito)

"Questo ragazzo e le sue piccole carine. So cucinare, sì. Sono stato guidato tutto il tempo. Guardando la ricetta, posso farlo. (Ho protestato, il veggente)

Tutti ridono della mia affermazione e la conversazione continua a turbinare su vari argomenti. Quando abbiamo finito di mangiare, laviamo i piatti, puliamo lo sporco della cucina, ci vestiamo e facciamo le valigie per metterci in viaggio. Con tutto pronto, siamo usciti di casa e già fuori cerchiamo il sentiero più sicuro e più vicino verso il grande centro della foresta del sito. Quali nuove esperienze e avventure ci stavano aspettando? Tenete il passo, lettori.

Potremmo trovare rapidamente una traccia. Con passi decisi e sicuri, abbiamo cominciato a camminarci dentro. Il momento attuale è di ansia e attesa nonostante tante emozioni già vissute in questa e nelle precedenti avventure. Che ne sarebbe stato del nostro progetto, del nostro duo che finora si è rivelato incredibile? Potremmo fallire? Questa era una possibilità anche se non ci lavoravamo perché il nostro pensiero era sempre di ottimismo, di fiducia in sé stessi ma anche di cautela. Volevamo affrontare qualsiasi ostacolo.

Con questo in mente, continuiamo ad andare avanti per circa trenta minuti, decidendo di fermarci per qualcosa. La pausa ci dà la possibilità d'idratarci e fare uno spuntino. Angel si siede sul pavimento e ci chiede di fare lo stesso e inizia a insegnarci.

"Lo senti? La natura grida costantemente aiuto, dà guida, insegna, apprende, ma spesso siamo così immersi nelle nostre preoccupazioni che ci rifiutiamo di ascoltarla. Ho perso molte opportunità nella mia vita a causa di ciò. Finché un giorno, con l'esperienza, ho capito il processo e ho aiutato qualcuno a ritrovarsi qualcosa di più.

"Ho avuto un'esperienza simile sul monte Ororubá. È stato attraverso la meditazione che ho scoperto alcune delle mie potenzialità, ma sento di non essermi ancora completamente sviluppato.

"Sono nato e cresciuto nei boschi. So tutto nella montagna di Ororubá. (Renato)

"È comprensibile. Sei ancora molto giovane. Per crescere chiedo fin d'ora un vero lavoro di squadra. Niente più individualismo e vanità. Il successo, se verrai, sarà responsabilità di entrambi. (Angel)

"Va bene, maestro. (Rispondiamo in coro)

"Primo, rispetta i tuoi limiti. In caso di dubbio, non correre alcun rischio. Ricorda che nessun supereroe, che il percorso non è ancora tracciato, e che è meglio un uccello in mano che due che volano. In questo modo, sarai libero dall'influenza delle menti negative e dalle sorprese della vita. Tutto ha il suo momento giusto. (Angel)

"Come sapremo riconoscere questo momento giusto? (Volevo sapere)

"Parteciperò? (Renato)

"Non preoccuparti adesso. La vita mostra. È così che è stato con me quando sono uscito. L'importante è non sprecare le tue opportunità. Senti, Renato, conta solo la tua presenza. Ovviamente la tua partecipazione avrà luogo. Non sarà diverso dalle altre volte. (Angel assicurato)

"Va tutto bene. Da parte nostra, non mancheranno impegno, resa, dedizione, fede nell'universo e nel destino. Non è vero, Renato? (IO)

"Si Amico. Sempre insieme", ha risposto.

Dopo questa breve osservazione, tutti e tre abbracciamo e riaffermiamo il nostro impegno per l'intrattenimento, il lavoro e l'evoluzione continua. Quando tutto fosse finito, avremmo ricordato questi momenti unici e meravigliosi, particolarmente importanti per la mia carriera nella letteratura. Continueremo con la saga del veggente per il bene del mondo e anche per il nostro.

Il tempo passa qualcosa. Finito il momento dell'abbraccio, ci siamo alzati e abbiamo deciso di proseguire il percorso che era ancora all'inizio e che prometteva novità. Ci spostiamo in avanti avanzando sul sentiero. I nostri passi ci portano a conoscere nuovi e bellissimi paesaggi, a godere completamente dell'aria fresca della campagna, a trovare animali e nuove persone, a vivere momenti di ansia e attesa, anche se tutto sta camminando bene. Con qualcosa più di tempo siamo avanzati di più e abbiamo già raggiunto un terzo del percorso. L'azione ci rende felici e stimola di più le nostre emozioni. Cosa succederebbe? Tra poco avremmo saputo e probabilmente dovremmo prendere decisioni importanti e definitive. Tuttavia, ne è valsa la pena per il sogno più grande.

Pochi passi dopo, ci siamo sentiti stanchi e abbiamo deciso di fare una breve pausa. Ci sediamo sul pavimento duro, ci idratiamo, parliamo qualcosa. Attualmente, il nostro pensiero è completamente concentrato sull'obiettivo e cerchiamo di trarre alcune informazioni importanti dal nostro maestro. Ride, parla e ci dice di rilassarci. Non sapeva quanto furono decisivi per noi quei momenti? Se fallissimo, getteremmo via tutte le illusioni e vivremmo una vita noiosa e sofferente. Saremmo puniti dall'universo che ci ha dato il dono. Ma avrebbe dovuto avere le sue ragioni, e spettava a noi accoglierlo, rispettarlo e seguirlo senza ulteriori domande.

Certo, quando ci siamo ripresi, ci alziamo e camminiamo di nuovo. Seguiamo lo stesso sentiero, continuiamo ad affrontare spine, animali velenosi imballati dai rumori del bosco. A un certo punto, Angel tira la conversazione.

"È bello averti qui con me. Due giovani pieni di sogni che mi stanno facendo rivivere una parte della mia giovinezza e mi danno la possibilità di trasmettere alcune conoscenze che la vita mi ha donato. Grazie mille. (Angel)

"Ti ringraziamo. Per disponibilità, pazienza, guida. Sai, è stato tutto molto redditizio. (Ho detto)

"Questo, mi dispiace. Ne vale la pena e la cosa più importante da mantenere è la tua amicizia. Lo ammiriamo molto. (Renato)

Detto questo, le lacrime scendono sul viso di Angel mostrando la sincerità dei suoi sentimenti. Davanti a noi c'era un uomo che, insieme a mio nonno, ha varcato le barriere in un periodo tardo pieno di pregiudizi. Era un vero eroe che abbiamo avuto la fortuna d'incontrare. Un attimo dopo ci abbraccia, l'emozione continua ancora per qualcosa e quando si riprende il dialogo.

"Bene. Dimentichiamo qualcosa il passato e ci concentriamo sul presente. Non vedi l'ora di continuare, di rischiare senza temere le conseguenze?

"Sì. (Rispondiamo in coro)

"Beh, non lo farò. Questo era il momento di arrendersi o continuare. Dato che hai scelto la seconda opzione, questa scelta non è un ritorno. Allora seguimi. Sarò con te tutto il tempo. (Il maestro ha dichiarato)

Obbediamo al maestro, lo seguiamo, avanzando sul sentiero accidentato. Ogni passo compiuto sembrava rivelarci un nuovo mondo e tutto ciò che restava era raggiungere il suo collegamento, "L'incontro". Ma abbiamo ancora molto tempo per affrontare le sfide, evolverci e arrivare a questo punto. Non abbiamo avuto fretta, ma conoscenza sicura. Un luogo che potrebbe portarci alla perdizione, alla follia o persino a una disgrazia se non avessimo le cure adeguate.

Il tempo passa qualcosa. Pochi passi più avanti, abbiamo attraversato i due terzi del percorso, ci dice Angel. Ci dà alcune linee guida di base e io lavoro su un blocco, quindi non me lo dimentico. In esso scrivo anche alcuni punti principali della nostra esperienza che mi aiuterebbero a scrivere il terzo libro della mia serie. Dopo aver scritto, lo tengo amorevolmente nello zaino, che si trova sulla schiena. Quindi continuiamo a camminare senza tregua. Nonostante la sua vecchiaia, Angel aumenta qualcosa il ritmo e noi lo accompagniamo.

A un certo punto, controllo il programma per curiosità. Vedo che stavamo già camminando da circa due ore. Anche con il sole cocente, il sudore che cola, il dolore al ginocchio e i graffi abbiamo deciso di non fermarci più perché il destino ci aspettava. Speravamo che ci avrebbe portato buone sorprese.

Ci stiamo muovendo sempre di più. Con altri quaranta minuti di cammino, si presenta ai nostri occhi una grande pianura, circondata da bellissime montagne. Siamo rimasti fermi per alcuni istanti e Angel fa un segno che siamo qui. Ci avviciniamo al centro e quando arrivo nel mezzo, sento una pressione spirituale molto intensa. Cado in ginocchio e chiedo aiuto. I miei compagni avventurieri mi supportano gentilmente in modo che non cada a terra. Il maestro mi tocca la testa, pronuncia una preghiera silenziosa e io mi calmo. Inizia il dialogo.

"Sii più resistente, figlio di Dio. Non lasciarti trasportare dalle forze negative. L'importante ora è rimanere concentrato. Non pensare più a niente.

"Va tutto bene. Ma non essere così schizzinoso. Ricorda, sto solo imparando. (Ho osservato)

"Anche a me. Siamo sulla stessa barca. (Renato)

"Bene, lascia che ti spieghi qualcosa quale sarebbe la visione e come svilupparla. Tu, Aldivan, come "Veggente dei libri" ricevi la maggior parte delle rivelazioni attraverso visioni, che sono immagini rapide e forti dirette al cervello coordinate dal tuo dono, la tua sensibilità provocata dall'ambiente esterno. Ebbene, la visione sarebbe una visione più chiara e più forte, che porterebbe a una profonda riflessione e sviluppo dei suoi poteri. Ma per arrivare a questo livello avrai bisogno dell'aiuto di una seconda persona, che sia nella stessa sintonia, che ti conosce bene e che ispira fiducia, qualcuno come Renato" ha detto Angel.

"Come posso aiutarti? (Renato è stato incoraggiato)

"Come sarebbe? (IO)

"Facile, per entrambi. La visione non si sviluppa da un momento all'altro. Saranno necessari tre passaggi per fare la loro prima esperienza. Quello che dovrebbe essere fatto ora e sempre è un allenamento di adattamento. Ogni volta che toccherai qualcosa, figlio di Dio, avrai la piacevole compagnia di Renato. (Il capo)

"Cosa intendi? (Chiedo)

"Spiegherò. Con ogni breve esperienza di visione, chiamerai Renato a partecipare ed emettere la sua energia spirituale, qualcosa come la liberazione dei "Chakra". (Angel)

"Va tutto bene. Siamo davvero una squadra, no? (IO)

Renato e io ci siamo abbracciati. Ringrazio Dio e il tutore per averlo incontrato sulla montagna sacra di Ororubá. Da allora, aveva avuto un'enorme importanza come amico, confidente e compagno di avventure. Combatteremmo insieme in questa nuova ricerca e, con il giusto stimolo, potremmo uscirne di nuovo vincitori. Tenete il passo, lettori.

Dopo l'abbraccio, ci siamo allontanati qualcosa e siamo andati dal maestro per maggiori informazioni.

"Qual è il passo successivo? (Noi abbiamo chiesto)

"Metti in pratica quello che ho detto. Avvicinati di nuovo al centro, chiudi gli occhi e pensa al futuro. (Angel)

Anche con qualcosa di paura e dubbio, obbediamo al maestro che si avvicina al centro del sito. Con pochi passi raggiungiamo la meta e ci mettiamo fianco a fianco. Angel si avvicina, disegna un cerchio intorno a noi e segue le sue istruzioni. Nel momento in cui iniziamo il rituale, la pressione spirituale aumenta gradualmente e sembra che voglia farci saltare in aria. Con molto impegno e fatica possiamo ancora essere consapevoli. È allora che schiariamo le nostre menti e ascoltiamo chiaramente il maestro: chiudi gli occhi, rilassati, libera lo spirito per volare.

Quando eseguiamo i primi due oggetti, la terra trema, i poteri dello spazio vengono scossi, il nostro subconscio è costretto ad addormentarsi, l'oscurità ci avvolge e da un momento all'altro cadiamo a terra. Addormentiamoci e poi i nostri spiriti si liberano. Fuori dai corpi, ci troviamo uno di fronte all'altro. Tuttavia, per un breve periodo. Fuggendo dal nostro controllo, siamo separati da una linea di demarcazione simile a un campo di forza, che si frappone disperatamente tra di noi. Cerchiamo di superare l'ostacolo, ma i nostri sforzi si rivelano inutili. Separati, veniamo attaccati dalle forze nascoste e misteriose del Fundão. Io, tormentato da visioni insensate, e Renato, immobile, viene assalito da lingue di fuoco che lo fanno comunicare in lingue prima sconosciute alla faccia della terra. Al momento eravamo in un vicolo senza fine.

Da parte mia, le visioni ostacolano totalmente il mio ragionamento e non mi permettono in alcun modo di usare i miei poteri psichici. Vedo in loro rabbia, ambizione, invidia, crisi, disprezzo e incomprensione. Lo scontro tra le "forze opposte" è continuo e questo provoca anche l'emergere della notte oscura. Anche così, combatto queste forze cercando di decifrare i loro significati. Tuttavia, poiché ero solo, ho fatto pochi progressi. Già Renato cerca invano di consigliarmi perché non capisco niente di quello che dice. Con questo, restiamo a lungo senza grandi risultati. Ma non potevamo restare così tutto il tempo. Quando siamo vicini al limite, una voce grida:

"È finita!

Quindi la confusione viene annullata, il campo di forza scompare e, in un attimo, torniamo al nostro corpo fisico. Mentre riprendiamo i nostri sensi, abbiamo aperto gli occhi e abbiamo affrontato il nostro padrone con il volto che sembrava essere qualcosa deluso. Anche così, si avvicina e ci dà alcune parole di sostegno:

"Va tutto bene. È solo il primo tentativo. Potresti fare di meglio, ma sei nel previsto. L'importante è che ci abbiano provato e non si siano arresi. Ti consiglio di avere più armonia, approssimazione, più calma, utilizzare la conoscenza dei doni già conquistati, rivivere nella memoria importanti esperienze spirituali e carnali, per specchiarsi nei maestri della vita e nella vita stessa. Soprattutto, lavora in squadra. (Il padrone di casa)

"Siamo stati attaccati da potenti forze nascoste che non ci hanno lasciato scelta. Confesso di non aver mai sentito così tanta pressione prima. È normale? (Veggente)

"Anche a me. A un certo punto ero così confuso che nemmeno io mi capivo. (Renato)

"Ovviamente non sono ancora pronti. Cosa ti aspettavi? Hai ancora molto da imparare finché non padroneggi la tecnica della visione. Ma non aver paura. Non sono qui per intralciarti o giudicarti, ma per darti una mano, per essere come la freccia che indica la via. (Angel)

"Allora dico che siamo pronti per imparare. Saremo i suoi discepoli più umili anche se ha già conquistato la grotta, fatto un viaggio indietro nel tempo, risolto conflitti e ingiustizie, tornato sulla montagna, dominato i sette peccati capitali, vissuto con i pirati, con la regina degli angeli ed entrato nell'Eldorado, la porta che sigilla il mondo carnale e spirituale. C'è sempre qualcosa da ottenere. Evoluzione è la parola chiave. Cosa facciamo adesso? (Ho chiesto)

"E lo aiuto sempre nei momenti cruciali. Sì, e adesso? (Renato)

"Devi essere congratulato per tutto ciò che hai ottenuto. L'importante è tenere i piedi per terra perché questa è solo "La punta dell'iceberg". Avrai ancora molte avventure, esperienze incredibili, insolite, trasformative. Continua con il focus ben definito. Per ora non ho niente da chiedere. La sfida proseguirà nel pomeriggio. Ti chiedo di seguirmi per goderti un momento di svago. (Angel)

Angel si allontana qualcosa, piega a destra e segue una nuova pista. Verremo con te Per quindici minuti camminiamo stretti tra foglie, alberi, spine, formiche, argilla, rocce e altri ostacoli. Tuttavia, la sfida, i risultati, l'esperienza, la compagnia di Angel, la natura e l'aria pulita hanno fatto sì che ne valesse la pena. Eravamo solo all'inizio.

I nostri passi vigorosi ci portano ad andare avanti. Davanti a noi arriva, in una radura, un frutteto molto vario e, sullo sfondo, una laguna di acqua cristallina. Ci dirigiamo sul primo albero, saliamo, proviamo ad afferrare dei frutti e quasi cadiamo. Ci destreggiamo e prestiamo qualcosa di attenzione in Angel, siamo rimasti colpiti dall'agilità nonostante la sua età avanzata. Il momento è bello e riporta alla memoria il tempo dei bambini, riso, parlato, riposato sui folti rami dell'albero e goduto qualcosa del sole cocente.

Dopo esserci divertiti molto, siamo scesi, abbiamo mangiato i frutti raccolti, parlato qualcosa di più, goduto l'ombra. Un attimo dopo, Angel mi chiede di accompagnarlo e noi obbediamo prontamente. Andiamo avanti, arriviamo in fondo e siamo invitati a entrare in laguna. Anche se non lo sapevamo, siamo entrati, Renato si tuffa e io sono solo nell'acqua bassa perché non sapevo nuotare. Entra anche Angel, si avvicina a me e inizia a dare alcune lezioni di nuoto. Lo adoro. Abbiamo passato molto tempo in acqua.

Quando ci siamo stancati, abbiamo lasciato lo stagno, ci siamo seduti e abbiamo parlato ancora qualcosa. A un certo punto, Angel ci fornisce le rispettive linee guida per affrontare la sfida attuale e salutarci, tornando a casa sua. Adesso c'eravamo io, Renato e la sfida. Cosa succederebbe? Tenete il passo, lettori.

Alla scoperta del dono della fortezza

Dopo la partenza di Angel, abbiamo subito cercato d'iniziare il percorso che ci avrebbe portato ad affrontare un'altra tappa riguardante lo sviluppo dei doni. Andremmo a ovest del sito per nuove esperienze, conoscenze e la rispettiva visione. È quello che facciamo. Abbiamo iniziato a percorrere il rispettivo sentiero, affrontando tutto e tutti, e nulla sembrava scoraggiarci. Dove abbiamo cercato tanta grinta, ispirazione, determinazione, coraggio e fede? Spiegherò. Nella nostra storia di vita. Io, un povero giovane sognatore dell'interno del nordest, dimenticato dalle élite e dalle autorità. Era alla ricerca di un sogno dal 2010, che doveva avverarsi nella letteratura. Alla ricerca della meta, aveva scalato una montagna, trovato il guardiano, la giovane donna, il ragazzo, aveva eseguito delle sfide e affrontato la grotta più pericolosa del mondo. Dribblando ostacoli, avevo raggiunto la camera segreta (la parte finale della caverna) e per miracolo mi ero trasformato in un potente veggente. Ma non era tutto. La grotta era solo l'inizio di una traiettoria interessante. Da allora in poi, ho viaggiato indietro nel tempo, ho risolto i conflitti, ho raccolto le forze opposte e le ho controllate, nel primo passo della mia evoluzione umana e spirituale. Questo è stato il primo passo di una lunga traiettoria di desiderio di Dio. Successivamente, sono tornato al college, al lavoro e alle questioni personali della mia vita quotidiana. Quando avevo tempo libero, ripensavo a modo mio, in letteratura, e mi chiedevo un periodo difficile che ho affrontato nella mia vita, un periodo oscuro che ho disconnesso da Dio, dalle persone sacre, affrontato, ferito e vissuto diverse esperienze. Ho chiamato questo periodo "La notte oscura dell'anima" e cercando risposte ho cercato di nuovo la montagna, in particolare il guardiano in modo che mi guidasse. Con il suo aiuto, ho iniziato a indagare sui peccati capitali, ma era un argomento così complesso che dovevo essere trasmesso a un'altra persona, un indù, e da esso ho imparato qualcosa di più. Tuttavia, le cose non erano ancora diventate ovvie, e così mi è stato chiesto di fare un altro viaggio, verso un'isola perduta, dall'altra parte del pianeta, dove avrei potuto trovare le risposte, stavo cercando così tanto. Durante il tragitto, mi sono imbarcato con Renato, su una nave pirata, viviamo nuove avventure, fino a raggiungere l'improbabile meta. Infine, ho avuto l'opportunità di conoscere la parte più densa della "Notte oscura" e avere la visione della storia. Avevo completato una nuova fase della mia carriera, ma non era tutto. Agendo come un sensitivo del libro, cercherò sempre di ascoltare la voce del mio subconscio alla ricerca del mio destino e della mia felicità. Accanto a me, in tutto questo tempo, c'era Renato. Colui che era stato a lungo, da bambino, costretto a lavorare in modo esaustivo, maltrattato, senza affetto, ha ottenuto il sostegno del tutore per risorgere, e ha ancora speranze nella vita. Agendo come mio assistente, era stato fondamentale nelle mie avventure e ogni giorno la sua presenza mi riempiva di gioia. Insieme eravamo di più, una squadra imbattibile, come ci aveva insegnato e creduto Angel.

Continuiamo a camminare su rocce, polvere, fango e il sole cocente. A ogni passo ci sentiamo più ansiosi, in attesa, ma anche tranquilli. Nonostante l'incertezza, continuiamo ad andare avanti, seguendo la guida del maestro, senza battere ciglio. È tutto ciò che ci era rimasto in quel momento.

Passa ancora qualcosa di tempo. È già pomeriggio. Stringiamo i gradini, schiviamo ostacoli, pericoli e preoccupazioni e abbiamo già raggiunto circa un terzo del percorso. Questa volta non siamo impressionati, questo ci incoraggia solo ad andare ancora oltre. quindi, continuiamo. Passiamo in rassegna i paesaggi, la terraferma, alcuni animali. Ciò che cambia è la situazione. Prima stavamo solo camminando, conoscendo il terreno. Adesso stavamo per affrontare una nuova sfida, che si è rivelata gigantesca, che pochi hanno osato rischiare. Inoltre, le nostre responsabilità aumentavano in ogni momento.

Ma è bene sottolineare che questo era assolutamente normale. Da quando sono entrato nella grotta, mi sono assunto la responsabilità della continua conquista ed evoluzione per il dono che avevo ricevuto gratuitamente dall'universo. Con molta grinta e coraggio, rischierei sempre di farlo, indipendentemente dalle conseguenze o dai rischi. L'importante è che avesse i fan di amici, familiari, conoscenti, ammiratori e il sostegno dei miei compagni di avventura. Indipendentemente dal risultato, l'esperienza e l'apprendimento sono stati fondamentali per la mia carriera. È alla ricerca di questi due elementi che continuiamo ad avanzare stretti in una foresta quasi vergine per andare incontro al destino incerto, meta che ci porta a compiere metà del viaggio trenta minuti dopo.

A un certo punto, ci sentiamo stanchi e decidiamo di fermarci di comune accordo. Ci pieghiamo a destra su una deviazione che si presenta e troviamo un pezzo di terra pulita senza spine. Ci sediamo. Inoltre, prendiamo lo zaino; ognuno prende dell'acqua e del cibo e soddisfa alcune delle tue necessità. Quando abbiamo finito, mi prendo il tempo per rilassarmi e annullare una conversazione con il mio compagno di avventure.

"Che cosa succede? Va tutto bene? Ti piace la sfida, il viaggio, l'esperienza e il lavoro?

"Un sacco. Quando avremo vinto, avremo molto da dire. Qui tutto è stupendo, tranquillo e piacevole passeggiare. Al momento giusto, ti aiuterò ancora di più. (Renato)

"Anch'io mi sto divertendo. È diverso da qualsiasi cosa abbia vissuto finora. Le conversazioni, gli orientamenti, la compagnia di qualcuno che era un esploratore di pregiudizi del suo tempo mi hanno aiutato ad avere una nuova visione della vita. Persone del genere avrebbero dovuto essere a frotte perché il mondo migliorasse davvero. (Ho detto)

"Sono d'accordo. A volte quello che manca è il coraggio. Molte pelli dal mondo preferiscono vivere infelici piuttosto che doverlo affrontare. È un'opzione. Ma non è certamente il più appropriato. (Renato)

"Bene, questo non è discusso. Tutti sanno cosa è meglio per te. Tutti noi, a un certo punto, dobbiamo fare scelte difficili e si sta avvicinando sempre di più al nostro turno. Chiedo a Dio saggezza e buon senso per non sbagliare. (IO)

"Anche a me. Siamo una squadra e d'ora in poi dobbiamo essere prudenti. Anche la pazienza è importante. (Renato)

"Bene. Andiamo avanti? Si sta facendo tardi. (Ho richiesto)

Renato è d'accordo con me, ci alziamo, torniamo sul sentiero principale e riprendiamo il cammino. Lungo la strada, abbiamo parlato qualcosa di più della sfida e definito la strategia da adottare e alcune priorità. Ciò era necessario per non avere brutte sorprese. Con tutto sistemato, continuiamo a camminare più sereni e convinti. Ci muoviamo veloci, schiviamo ostacoli e incertezze e un attimo dopo abbiamo attraversato i tre quarti del percorso. La sfida si avvicinava sempre di più.

Pochi passi avanti, ci si presenta davanti un grosso ostacolo. Incontriamo gli indiani Xucurus che ci circondano da tutte le parti. Uno di loro che sembra essere il capo si avvicina, ci arresta e ci chiede nella nostra lingua cosa stavamo facendo lì. Qualcosa noiosi, spieghiamo che stiamo camminando, alla ricerca della conoscenza e lui quasi senza capire ci dice che per continuare dobbiamo superare una sfida. Sospettoso, gli chiedo cosa sarebbe e lui mi presenta arco e frecce. Ha un minuscolo bersaglio posizionato entro 15 metri e dice: "Devi colpire se non muori. Hai tre possibilità.

Nervoso e tormentato, ottengo qualche istante senza reazione. Che ne sarebbe di noi adesso e della nostra avventura? Non avevo esperienza con questo genere di cose e se avessi fallito, il nostro destino sarebbe stato una morte prematura. In questo momento, ricordo le sfide della grotta, in particolare le tre porte che rappresentavano la felicità, il fallimento e la paura. Avevo imparato dai miei errori, controllato la mia paura e così sono riuscito a scegliere e raggiungere la porta giusta, la felicità. Adesso proverei ad agire allo stesso modo.

Inoltre mi preparo, sono in posizione e quando sono al sicuro lancio la freccia. Chiudo gli occhi e quando li riapro provo una delusione. Non si è nemmeno avvicinato, e ora erano rimasti solo due tentativi. L'assedio si chiudeva in ogni momento con le nostre vite in gioco. Cosa succederebbe? Qualunque cosa fosse, non perderemmo la speranza e non avremmo paura di riprovare.

Mi sto preparando di nuovo. Indico il bersaglio e lancio. Inoltre chiudo gli occhi e quando apro nuova delusione. Ma questa volta mi avvicinerò. A una decina di centimetri di distanza. Adesso era rimasto solo un tentativo e se avessi commesso un errore, la nostra avventura sarebbe finita e così anche le nostre vite. Cosa direbbero il nostro padrone, la nostra famiglia, i nostri conoscenti, gli amici? Mancherebbero noi e le nostre avventure? Ebbene, spettava a me non farli soffrire o far loro mancare. Non era nei miei piani abortire il progetto del sensitivo.

Emozionato con una forza e un coraggio mai visti prima, prendo arco e frecce per l'ultima volta. Senza nessuna pretesa, indico la direzione, divento il veggente quando penso alle tre porte, mi centra qualcosa e quando sono pronto, lancio la freccia, chiudo gli occhi e apro, urlo e corro per abbracciare Renato. L'obiettivo è stato raggiunto. Il capo indiano mi saluta e se ne va con i suoi subordinati. Il percorso era ormai chiaro per poter continuare a sognare la conquista dei doni.

Dopo l'abbraccio, abbiamo deciso di riprendere subito la passeggiata. Ci muoviamo sempre più velocemente nella foresta selvaggia e continuiamo a superare gli ostacoli. A ogni passo compiuto, ci sentiamo più fiduciosi nella vittoria e nel successo del nostro lavoro. Tuttavia, avremmo dovuto stare più attenti perché con ogni regalo sviluppato il cerchio del passaggio si restringeva, e quindi avevamo meno opzioni.

Passa qualcosa di tempo e finalmente arriviamo a destinazione. Siamo a ovest del luogo, esattamente sulle rovine di cui un giorno era la casa del beato, il mio antenato Victor. Osservo ogni angolo, e mi sembrava di essere stato in quel posto, in qualche modo.

Tocco diversi vecchi oggetti che erano sparsi, ma non sento assolutamente nulla finché Renato si avvicina, mi prende per un braccio e mi conduce nella stanza. Entrambi abbiamo toccato la rovina principale, il terreno trema, i miei chakra esplodono, il mondo si oscura, e poi ho la comprensione e la rispettiva visione del quarto dono: "C'era una volta un giovane di nome Marcelo, residente a l'area rurale del comune di Sertânia. Faceva parte di una famiglia semplice, tutta contadina, ma è stata creata sulla base di valori pieni di principi etici e morali. Ogni giorno che passava, trasmetteva questi insegnamenti ai suoi simili e rendeva tutti orgogliosi di questo atteggiamento. Inoltre, si è impegnato in studi, al lavoro, in cause sociali. Era un bravo essere in tutti i casi. Fino a quando qualcosa è cambiato. Un giorno, in una fatalità, i tuoi familiari perdono la vita. Inizialmente si ribellò perché era troppo attaccato ai suoi cari. Comincia a mettere in discussione le sue abitudini e si chiede quanto valesse il suo sforzo per essere un brav'uomo. È proprio in questo momento che incontra Fabrícia. Scopri con lei il significato dell'amicizia, della complicità, dell'amore, della fedeltà. Decide di sposarsi e col tempo supera questa prima perdita pur non dimenticandola. Hai un matrimonio felice, figli, una buona situazione finanziaria, amici, finalmente ne è valsa la pena. Un giorno perde la moglie in un'altra fatalità. Non confermato, trascorre giorni a soffrire e chiedendosi perché la vita lo abbia colpito per un altro colpo. Va in depressione. Grazie ai suoi figli, cerca cure psicologiche, supera gradualmente i suoi traumi e con un certo tempo ritorna alla sua normale routine: lavoro, attività sociali e di svago, convivenza con gli amici. Scopri dentro di te un gigantesco potenziale per superare le perdite e le avversità della vita, chiamato "Fortezza". Ecco cos'era. Non si trattava di dimenticare le disgrazie, ma di essere in grado di superarle e vivere una vita normale valorizzando ciò che avevo a portata di mano. E questo è tutto. Marcelo si riprese, vivrà in pace e felice con la sua famiglia per il resto dei suoi giorni. Riscopri l'amore con qualcun altro e vivi altri momenti felici. "La fortezza è un dono essenziale per noi per affrontare la vita sempre con la speranza di giorni migliori e con la forza, il coraggio e il coraggio necessari per affrontare le inevitabili perdite, superandole in modo da poter vivere la vita in pace. Perché la vita è bella, chiara e deve essere vissuta con la gioia e la felicità che tutti meritiamo ".

Dopo la sfida

La visione finisce. Dopo che tutto è finito, abbiamo lasciato le rovine della casa di mio nonno, abbiamo cercato il sentiero e abbiamo iniziato a tornare velocemente prima che cadesse la notte. Il momento presente richiede concentrazione e calma per assimilare tutta la conoscenza della visione. Ci concentriamo su questo lungo la strada. Inoltre, abbiamo pianificato le fasi successive della nostra insolita avventura sul sito, parlato dei nostri punti imperfetti e dell'addestramento della visione che non aveva ancora avuto luogo. Tuttavia, le nostre opinioni sono in conflitto in vari punti e lasciamo che ci occuperemo del nostro maestro in seguito. Quindi, continuiamo ad avanzare sul sentiero accidentato senza grandi preoccupazioni.

Lungo la strada, abbiamo incontrato alcune persone e ci siamo fermati qualcosa per scambiare idee. Dopo la presentazione, parliamo qualcosa delle nostre vite e sono loro (ci sono tre giovani che si chiamano Soraia, Claudionor e Cassius. (Tutti fratelli). Abbiamo anche parlato di questioni generali, letteratura, amicizia, relazione, politica per circa mezz'ora. Alla fine, prima di andare, siamo invitati a continuare la prosa a casa loro (la sera), e spiegarci come arrivarci. Entusiasti, abbiamo accettato e finalmente ci siamo salutati. Abbiamo poi continuato il nostro camminando e con qualche passo in più abbiamo superato un terzo del percorso, in questo momento l'ansia, il nervosismo e l'aspettativa aumentano per i fatti precedenti, quindi abbiamo aumentato il nostro ritmo.

Nonostante il ritmo sostenuto, è tempo di apprezzare e percorrere ogni centimetro di quel terreno, e in esso riconosciamo i frutti dei nostri sforzi: rami contorti, le nostre impronte sul terreno, pietre spostate. Avevamo già superato gli ostacoli di quella pista per un regalo, dell'universo e alla ricerca di una meta ancora incerta. La nostra motivazione era maggiore in ogni momento nonostante i rimpianti.

Pieni di curiosità, più e più volte abbiamo lasciato il sentiero principale e abbiamo scoperto un mondo completamente nuovo: vegetazione, animali, consistenza della terra, paesaggio. È stata una scoperta molto preziosa. Peccato che fossimo di fretta e quasi notte, altrimenti ci saremmo divertiti di più. Forse un'altra volta, penso. Quindi, torniamo al nostro obiettivo principale e ci spostiamo ancora oltre. Abbiamo percorso i due terzi del percorso. Eravamo più vicini alla nostra casa temporanea.

Nel resto del corso, con la stanchezza, abbiamo diminuito il ritmo del corpo e della mente, diventando più rilassati. Avevamo completato con successo la quarta tappa e questo ci ha rallegrato molto. Tuttavia, sapevamo che c'era molto da imparare non solo in questa avventura ma anche in altre da realizzare. Il percorso del veggente era difficile e spinoso e ci richiedeva di migliorare continuamente. Ma sono così sicuro che fossimo sulla strada giusta. Con questa certezza ci incamminiamo ancora di più e dopo poco siamo finalmente giunti a destinazione. Senza tante cerimonie, entrammo nell'indirizzo di Angel, lo cercammo e lo trovammo nella parte corrispondente della stanza. Ci invita a sederci di fronte e quando lo facciamo, siamo preparati per una buona conversazione, uno scambio di conoscenze tra amici e compagni di avventura.

"Che cosa succede? Com'è stata l'esperienza? Capisci il dono della fortezza? (Angel)

"Credo di sì. Attraverso la visione presentata, abbiamo avuto l'idea dell'importanza di questo dono. È fondamentale superare le perdite, affrontare situazioni difficili e angoscianti a testa alta, avere la forza di continuare il percorso. Ma ci sono anche momenti in cui dobbiamo uscire e chiedere ai nostri cari di accarezzare. "Essere deboli nel forte" è essenziale. (Veggente)

"Lo penso anch'io. Lavoriamo in squadra e scopriamo qualcosa di più delle nostre potenzialità. Infatti, dalla prima avventura, abbiamo coltivato la fortezza nel senso di non rinunciare ai nostri obiettivi. L'esperienza attuale ha solo fatto tutto più chiaro (Completato Renato)

"Va bene. Mi sono piaciute le spiegazioni. C'è stata un'evoluzione, ed è per questo che devi essere congratulato. Tuttavia, siamo ancora lontani dall'obiettivo finale. D'ora in poi, cerca di prestare attenzione a ogni dettaglio in cui ti presenti al fine d'incorporare meglio i doni. I prossimi due saranno decisivi per lo sviluppo della visione. (Angel)

"Ho capito. Quando dovremmo fare il passo successivo? (Ho chiesto)

"Come sarà la mia partecipazione questa volta? (Renato)

"Facile. Il prossimo passo sarà fatto domani mattina dopo colazione. Renato continuerà ad assistere il veggente nelle visioni fino a quando non avrà una connessione completa. Maggiori dettagli, solo più tardi. Per ora, rifletti su tutto ciò che hai vissuto finora. (Angel Orientamento)

"Va tutto bene. Rifletteremo. La cena è pronta? Siamo stati fuori tutto il pomeriggio e ci nutriamo. (Commentato)

"Sì. Puoi andare in cucina e servirti da solo. Ho preparato una zuppa meravigliosa. (Angel)

Dominati dalla fame, obbediamo al maestro e, in pochi passi, arriviamo a destinazione. Ci siamo seduti a tavola, ci siamo serviti, abbiamo iniziato a mangiare e parlare per distrarci, per scherzo, ci mettevamo nei guai. Questo finisce in pochi schiaffi affettuose. A un certo punto, ricordiamo i membri della famiglia, i conoscenti, gli amici e gli insegnanti precedenti e il desiderio invade il nostro petto. Ma un sano desiderio che non intralciava nulla. Infine, li ringraziamo interiormente per essere quello che siamo e continuiamo a divorare il cibo. Dopo aver ripetuto più volte il piatto e sentiti soddisfatti, torniamo in camera, parliamo con Angel, che ci lascia per andare a casa dei nostri nuovi amici. Ci dà una torcia elettrica, guidiamo l'uscita, e aiutati dalla sua luce iniziamo a muovere i primi passi fuori casa. Secondo le informazioni sono stati circa trenta minuti a piedi, procedendo dritti sulla strada sterrata principale.

A poco a poco, ci allontaniamo dalla nostra residenza temporanea. Lungo la strada, affrontiamo ostacoli naturali, paura, ansia, mancanza di esperienza e scarsa illuminazione. Tuttavia, varrebbe la pena di fare nuove amicizie sincere e fedeli. È come dice il proverbio: "Migliore amico in piazza che soldi nella scatola". Mossi da questa frase, continuiamo ad avanzare nella notte buia agitata in qualche parte del percorso, sentiamo strani ululati. Senza pensare, segniamo la carriera e anche senza essere atleti, manteniamo un buon ritmo. Usando la paura come carburante, non abbiamo smesso di correre e quando abbiamo visto le prime case sul ciglio della strada, abbiamo sentito un sollievo immediato. Eravamo al sicuro.

Ci avviciniamo, bussiamo alla prima porta, ordiniamo un sorso d'acqua con lo zucchero per calmarci. La signora che ci serve gentilmente ci dà. Quando abbiamo finito di bere, vi ringraziamo, vi auguriamo la buona notte e torniamo a camminare più tranquilli aiutati dalla luce dei primi pali. Andiamo qualcosa oltre, contiamo le case, pieghiamo a destra e nella quarta casa bussiamo alla porta. Finalmente eravamo qui.

Dall'interno della casa arriva una signora di mezza età, pelle abbronzata, lunghi capelli neri, magri, un viso ben definito e bellissimo. Si avvicina e ci chiede cosa vogliamo. Spiego che siamo i due giovani che Soraia, Claudionor e Cassius hanno incontrato nel bosco. Detto questo, apre un ampio sorriso e ci invita a entrare. Accettiamo, entriamo in casa e lei si presenta con il nome di Clara, la loro madre. In cambio, ci presentiamo anche noi. Ci conduce in una stanza, dove si incontrano quattro persone, le tre che conoscevamo e un altro uomo forte, robusto, scuro, amichevole e gentile. Si presenta come Eduardo. Ricambiamo con grande piacere, citiamo i nostri nomi, ci accomodiamo sulle sedie disponibili e la ruota della conversazione inizia a girare.

"Che cosa succede? Veggente e Renato, qual è il tuo obiettivo quando visiti il nostro piccolo e lontano sito? (Domanda Eduardo)

"Siamo in un'avventura di conoscenza. Siamo venuti per imparare, condividere esperienze, sviluppare il nostro potenziale e in particolare il nostro progetto. (I)

"E io sono il tuo braccio destro. (Renato)

"Che tipo di progetto? (Clara era interessata)

"Te lo spiego. Ho sviluppato un talento libero dall'universo, in particolare nella letteratura. Alla ricerca di questo sogno, ho già scritto due libri della serie" Il veggente "e sto progettando il terzo. (IO)

"Il nostro obiettivo è trasmettere parte della nostra esperienza ai lettori su una varietà di argomenti in modo che riflettano e diventino esseri umani migliori. (Renato)

"Molto interessante. Ragazzi, andate avanti. Ragazzi, sembrate davvero speciali. (Clara).

"Lo penso anch'io. Da quando lo abbiamo incontrato, abbiamo notato la sua generosità, gentilezza, carisma, e questo è ciò che ci ha attratto. (Soraia)

"Li troviamo stanchi e determinati all'interno della foresta. Questo ci ha impressionato molto. (Ha commentato Claudionor)

"Inoltre, ci sono stati di grande aiuto anche se eravamo solo estranei. (Lodato Cassio)

"Grazie. Siamo sempre a tua disposizione. (Sottolinea Renato)

"Voglio anche ringraziare tutti voi. Il vostro sostegno, amici miei, è molto importante per me. Continueremo il nostro percorso per voi e per tutti i lettori che ci onorano. Ora, cambiando argomento, avete qualcosa di mistico da scoprire in giro qui? (Il veggente)

"Molti. Abbiamo telegrammi, preghiere, maestri di magia, uomini saggi. Ma molte di queste persone sono morte. I nuovi ragazzi lo fanno solo rotolare. (Informa Eduardo)

"Ce n'è uno ancora vivo. Il suo nome è Angel. Hai aiutato molte persone a sviluppare i loro doni. (Clara)

"Oh, sì. Siamo a casa sua. Ma grazie comunque. (Il Veggente)

"Non stiamo padroneggiando la conoscenza, ma viviamo anche esperienze. Se vuoi, possiamo parlarne. Claudionor

"Ovviamente. Siamo sempre disponibili ad ascoltare, purché sia interessante. (Renato)

"Giusto. (Completato)

Io comincerò. Siamo tre fratelli semplici, cresciuti in giardino, con una buona base familiare e crediamo personalmente nella vita e nelle persone. Ognuno ha un potenziale ed è in grado di progredire, superare gli ostacoli e realizzare sé stessi. Ovviamente, ogni passo alla volta. Se ci si apre completamente alla destinazione e ci si sforza, la strada diventa più facile. Ad esempio, nel mio caso, ho già ottenuto cinque pecore con il mio stesso sudore. (Claudionor)

"Sono d'accordo. Non solo il successo professionale, ma anche l'amore dipende dai nostri sforzi. Aiutiamo il destino, leghiamo, viviamo esperienze, commettiamo errori, colpiamo, perdiamo, vinciamo. L'importante è essere sempre onesti su quello che facciamo. (Cassio).

"Inoltre, dobbiamo avere fede, speranza, coraggio e iniziativa per realizzare i progetti nella realtà. Tutto è una questione di scelta. (Soraia)

"Ora è il mio turno. Sono più grande e penso di avere qualcosa da trasmettere. Vi racconterò qualcosa della mia storia personale. Fin da ragazzo, ho sognato l'indipendenza, costruire una famiglia felice anche se non ne avevo buoni esempi. La nostra situazione finanziaria era difficile, le liti familiari erano intense e banali, e io e mio fratello eravamo spesso picchiati da cose banali. Eravamo molto sotto pressione e così alcuni hanno deciso di scappare, abbiamo perso il contatto, ma io ero un codardo. Ho persino sopportato tutto fino a quando non sono diventato adulto. Allora sono uscito di casa. Inoltre, sono stato in giro per il mondo e, credimi, è stato molto peggio. Nonostante la libertà acquisita, morivo di fame, subivo umiliazioni, veniva chiamata testa piatta, commettevo errori finché non trovai Clara, un Angel nella mia vita. Ci siamo incontrati in un viale, dove l'ho aiutata a rialzarsi dopo un inciampo. Immediatamente, ho simpatizzato con lei, ho scambiato contatti, sono uscito un paio di volte, sono uscito con qualcuno, mi sono sposato, ho avuto figli e ho vissuto 10 anni affrontando molte difficoltà. Ma abbiamo vinto. Quando avremo abbastanza soldi, in comune abbiamo deciso di vivere qui, abbiamo comprato un posto. Da allora siamo stati felici. Dopo tutto quello che ho vissuto, posso dire con certezza che i sogni sono possibili, qualunque essi siano. (Eduardo)

"Sono felice di far parte della tua vita, tesoro. Hai trasformato anche la mia vita. Per quanto riguarda la mia esperienza, voglio dire che anche se ho deluso la mia famiglia scegliendo di essere una semplice casalinga, posso dì che ho capito bene. L'importante non è ciò che guadagniamo, lo status sociale, i piaceri, ma piuttosto essere felice con te stesso con troppo o poco. Questo è quello che sto per fare. (Clara)

"Splendida. Grazie. Hanno aiutato molto. Voglio dire che sono molto felice dell'amicizia di tutti e che voglio restare in contatto. (Il veggente)

"Anche a me. Amo fare amicizia. (Renato)

Mi alzo proponendo un abbraccio collettivo e tutti accettano. In questo momento magico, una piccola luce si alza tra noi e si alza verso il cielo. Finché vivessimo, avrebbe sempre brillato. Dopo qualcosa ci siamo separati e abbiamo parlato ancora qualcosa. Quando abbiamo esaurito tutte le cose, ci salutiamo e cerchiamo immediatamente di tornare alla nostra casa temporanea. Aiutati dalla luce della lanterna, affrontiamo gli stessi pericoli dell'andare, corriamo nel bosco, finché stremati non siamo finalmente arrivati, entriamo nella residenza del padrone, ci mettiamo a letto e dormiamo. Il giorno successivo avrebbe avuto nuove avventure.

Il dono della scienza

Alba sul sito di Fundão. A un certo punto Renato e io ci siamo svegliati aiutati dall'intensa limpidezza provocata dai raggi del sole. Pochi istanti dopo, ci alziamo, ci salutiamo, ci stendiamo e ci faremo una doccia, uno alla volta. Dopo questo processo, siamo tornati in camera, ci siamo cambiati, abbiamo svegliato Up Angel e finalmente siamo andati in cucina a preparare il caffè. Assistiti da Angel, abbiamo terminato questo compito in poco tempo e subito dopo ci siamo seduti a tavola per fare colazione. È qui che il silenzio finora prevalso attraverso il nostro attuale padrone è rotto.

"Che cosa succede? Hai dormito con gli angeli?) (Angel)

"Non molto bene. Il mio spirito è stato allenato intensamente e questo mi ha causato molta stanchezza. È normale? (Il veggente)

"Ho dormito molto bene. Nonostante il mal di schiena, lui, lui. (Renato)

"Renato, complimenti. Questo è molto raro qui nel posto. Aldivan, è assolutamente normale e questo dimostra più necessità di formazione e sviluppo. Come è stato il sogno? (Angel)

"Nella parte principale del sogno, il mio spirito volava su un abisso molto profondo, e al suo interno c'era una specie di mostro che mi perseguitava e mi usava per scappare. Era come se, in passato, lo avessi intrappolato attraverso qualcosa di magia, e ora mi stesse usando. Alla fine ci siamo affrontati, ma per me era molto evoluto. (Il veggente)

"Ho capito. Forse questo rappresenta un segno del destino che riguarda il futuro. Fondamentalmente, più azione, concentrazione e riflessione. In una luce, pura energia. (Angel)

"Lo farò. Non mancheranno dedizione e tenacia da parte nostra. Per quanto riguarda la prossima sfida, come agire e quando si svolgerà? (Il veggente)

"Tra pochi istanti, dopo aver finito il caffè. Andremo a est e lavoreremo con il dono della scienza e di nuovo con la visione perché ci sono solo due passi per la prima rivelazione. (Angel)

"Ho capito. Siamo a tua disposizione, maestro. (Renato)

"Grazie, Angel, per l'informazione. (Il veggente)

La conversazione si raffredda, continuiamo a nutrirci e quando avremo finito, ci prepareremo per la nuova via d'uscita: prendiamo cibo, acqua e prendo la mia bibbia e il crocifisso inseparabili. Con tutto pronto ci dirigiamo verso l'uscita, e già fuori, cerchiamo il sentiero più vicino che ci porti a destinazione. Quando lo troviamo, iniziamo il vero cammino. Cosa succederebbe? Stai al passo, lettore.

Il nuovo inizio del cammino produce in noi un incontro di sentimenti e aspettative contrapposte, come se fossero due mondi completamente diversi. Mentre celebriamo il raggiungimento degli obiettivi attuali, siamo pieni di dubbi e ansia per il nostro futuro. Come conciliare questi problemi? Penso qualcosa e non riesco a trovare una risposta plausibile. Nel dubbio, abbiamo continuato ad andare avanti per scoprire dove stavamo andando. In questa ricerca avanziamo rapidamente tra spine, controversie e desiderio. Più avanti, abbiamo fatto un quarto del percorso. Al momento, questo fatto rappresenta solo un numero.

Ci siamo spostati oltre. A un certo punto incontriamo un tipico cacciatore di campagna, molto simpatico, di nome Roberto, detto Angel. Ci siamo fermati qualcosa e abbiamo tirato fuori una piccola chiacchierata. Ci racconta delle sue grandi avventure e gesta in quella regione, inclusi amori, grandi combattenti, contatti con extraterrestri e spiriti. La tua storia è affascinante. Ci siamo emozionati e abbiamo raccontato qualcosa della nostra vita privata, di noi stessi. Essendo un uomo esperto, coglie l'occasione per darci consigli. Abbiamo ascoltato attentamente e abbiamo promesso di pensarci con cautela. Angel approfitta della tua presenza per darci altre indicazioni. Le informazioni dei due sono complete e ci forniscono una buona base per guidarci. Grazie. Quando l'argomento è esaurito, Roberto ci abbraccia, ci augura buona fortuna e finalmente ci saluta. Io, Angel e Renato abbiamo ripreso la passeggiata e poco dopo abbiamo superato metà del percorso.

Qualcosa più avanti, Angel devia dalla pista principale e piega a destra. Andremo con lui. Mentre faccio il 66° gradino, sento un tonfo spirituale così grande che mi inginocchio. Nell'istante successivo, il mondo gira, il cielo si oscura davanti a noi e siamo circondati da luce e oscurità allo stesso tempo. Al centro viene acceso un falò spirituale e noi siamo spinti contro di esso. Quando raggiungiamo il fuoco, siamo circondati da una legione di antichi mutanti spirituali che iniziano a usare i loro poteri contro di noi. Angel, pieno di esperienza, domina completamente la situazione e non viene colpito perché conosce la magia bianca e nera. Renato e io soffriamo perché siamo ancora apprendisti. Siamo il bersaglio delle lamentele e degli attacchi di questi spiriti tormentati. Con una mente perplessa, cerco di concentrarmi e dopo molti sforzi posso liberare il mio potere interiore e diventare il veggente. Già trasformato, libero il mio spirito, uso la mia copia dei poteri dei personaggi più importanti. Reagire. Uso il metallo, i fulmini, la telepatia e allontano gli spiriti per un momento. Approfitto della situazione, faccio un passo indietro e finalmente tutto cambia: gli spiriti si allontanano, anche la luce e il buio, il fuoco si spegne. Inoltre, torno nel mio corpo e aspetto qualcosa. Quando mi sento completamente bene, mi alzo e abbraccio i miei compagni. Angel spiega:

"Il tempo stringe e l'assedio sta chiudendo. Questo è un segno che gli spiriti ancestrali dei mutanti sono irrequieti e vogliono manifestarsi il prima possibile. Dobbiamo sbrigarci.

"Loro chi sono? Posso chiedere? (Il veggente)

"Alcuni sono i miei ex compagni di avventura. Sfortunatamente, per vari motivi, non hanno trovato pace nel mondo degli spiriti e richiedono una ritrattazione, una rivelazione. Per molto tempo hanno cercato qualcuno capace, ma non sono riusciti a trovarlo. Ora sei stato eletto, figlio di Dio. Sta nelle tue mani dar loro pace. (Angel)

"Puoi lasciarlo. Qualunque cosa sia in nostro potere, la faremo. (Dice Renato)

"Ho capito. È una grande responsabilità, ma ci proverò. Avrò bisogno del tuo aiuto, Renato. Dobbiamo sviluppare la visione il prima possibile. (Il veggente)

"Non solo la visione, ma la sua sensibilità deve essere abbastanza acuta. L'importante è che tu sia di buon umore. Continuiamo la passeggiata. (Consigliato il Master)

Siamo tornati sul sentiero principale. Continuiamo ad affrontare gli ostacoli naturali della foresta e le bestie feroci. Inoltre affrettiamo il passo, analizziamo ogni dettaglio, impariamo da noi stessi e dall'universo che ci sta di fronte. In questo momento decido di dedicarmi completamente al mio destino e di "essere come il fiume che scorre". Il nuovo atteggiamento combinato con la mia grinta, forza, tenacia e coraggio ha notevolmente aumentato le possibilità di successo della mia squadra. È così, è tutto. Ora non restava che aspettare e andare avanti. Subito dopo, abbiamo attraversato i tre quarti del percorso. La sfida si stava avvicinando.

Continuiamo ad andare avanti e forte. A ogni passo, abbiamo aumentato la nostra concentrazione, dedizione e impegno perché era il minimo richiesto per poter continuare la nostra avventura. Cosa troveremmo o dove andremmo? Non ne avevamo idea, l'ansia e il nervosismo erano fantastici, ma abbiamo mantenuto il controllo a causa delle nostre esperienze precedenti e attuali. Quindi, ci muoviamo gradualmente. Con qualcosa più di tempo, finalmente siamo arrivati a destinazione. Eravamo nella regione orientale, su una vasta pianura, senza vegetazione, circondata da rocce rosse. Ci avviciniamo al centro, la grande pietra. Prima che potessimo raggiungerla, Angel si ferma e ci chiede di fare lo stesso. E spiega:

"Devi scalare la pietra e provare di nuovo la visione. Segui i miei consigli precedenti e cerca di evolverti. Fai attenzione a non oltrepassare la linea del futuro o cerca di capirlo.

"Va tutto bene. (Rispondiamo in coro)

Detto questo, facciamo ancora qualche gradino, saliamo sulla pietra sacra, ci teniamo per mano e ci concentriamo. Ci rilassiamo, meditiamo e quando iniziamo a sintonizzarci, il nostro spirito emana dalla parte corporea. Siamo uno di fronte all'altro. Come l'altra volta, siamo separati da una forza superiore e attaccati simultaneamente da uomini incappucciati. Da parte mia, divento il veggente e uso qualcosa i miei poteri per difendermi. Nonostante i miei sforzi, il mio avversario è molto abile e pericoloso. Fondamentalmente, mi difendo. Renato, invece, recita preghiere silenziose che aveva appreso dal suo padrone e dalla madre, la guardiana della montagna, e ne approfitta qualcosa.

La lotta continua. A volte posso contrattaccare, a volte ricevo un colpo. Mi rendo conto che l'obiettivo dei nostri nemici era separarci. Quindi, cerco di uscire dalla lotta, ma mi fermo. Dall'altra parte, Renato riesce finalmente a intrappolare il nemico e a ricacciarlo nell'oscurità. Uso la tua motivazione e saggezza, i consigli degli indù, e finalmente abbatto il mio avversario. Corro da Renato, provo ad abbracciarlo, ma prima di raggiungerlo qualcosa mi colpisce alle spalle. Ci voltiamo di nuovo e quando mi volto e tocco il nemico, ho la seguente visione: C'era una volta, in un regno lontano situato nel sudovest dell'Asia, un re molto rigido e potente. Il suo nome era Arthur. Unico erede dell'ex re Otacílio, dominava una vasta regione con mano di ferro. Tuttavia, nel terzo anno del suo regno, il suo impero fu minacciato da una siccità che provocò una crisi economica. I nobili (l'élite) non avevano più i soldi per pagare le loro pesanti tasse e presto sarebbero probabilmente andati in rovina e forse avrebbero persino perso il loro status di monarca. Messo alle strette, consultò i suoi più stretti consiglieri, chiese una soluzione, ma nessuna idea suggerita gli sembrava abbastanza buona. Sconvolto, li fece impiccare. Quando venne la notte, si addormentò cercando di trovare una soluzione. Tuttavia, poi alba e nessun risultato. Così ha deciso di uscire qualcosa e di fare una passeggiata in giardino. Camminando, triste e solo, trovò per strada uno dei suoi servi che, rendendosi conto della sua situazione catastrofica, decise di chiedere come poteva aiutare. Il re ha spiegato la situazione e aveva bisogno di qualcuno che lo consigliasse e gli fornisse una soluzione plausibile alla crisi nel regno. L'impiegato che si faceva chiamare Assisi ha detto di conoscere qualcuno abbastanza intelligente, suo figlio. Anche senza credere, il re gli ha permesso di portarlo alla sua presenza per incontrarlo. Dopo averlo trovato, ha chiesto come uscire dalla crisi che si era stabilita nello stato. Il giovane pensò qualcosa e diede una soluzione: "Usa il tesoro del regno, metà per alleviare la fame e la spesa pubblica della gente, e quando la siccità passa, usa l'altra metà per promuovere l'agricoltura e la riforma agraria. Il prossimo anno si preannuncia eccellente. Per raggiungere il successo, non abbandonare mai i poveri perché sono loro che sostengono i loro vantaggi. Impressionato dalla risposta, Arthur rifletté qualcosa, approvò il suggerimento e decise d'intraprendere un'azione drastica: diede il suo incarico di re a quel giovane perché questo era degno di lui, perché sapeva come capire i bisogni dei suoi sudditi e ha parlato con saggezza e scienza su una questione rilevante. "Avere la scienza significa conoscere, comprendere e comprendere non solo i segni della natura, come la tecnologia, ma anche applicarli con saggezza al momento giusto."

La visione finisce. L'uomo incappucciato si allontana e da un bernoccolo io e Renato torniamo ai nostri corpi fisici. Ci svegliamo, ci alziamo, scendiamo dalla roccia e troviamo di nuovo Angel. Riprende il dialogo.

"Che cosa succede? Cosa hai provato in questa esperienza?

"Ho sentito che eravamo troppo vicini. Non siamo riusciti nella visione avendo solo la visione del dono della scienza. Tutto va alla rivelazione. (Il veggente)

"È vero. Siamo riusciti a battere i nostri avversari interni. Ora, è solo qualcosa più di una connessione. (Renato)

"Bene. Congratulazioni. Goditi il momento e cerca di assorbire quante più informazioni possibili su questo dono. Ti sarà molto utile. Ora torniamo al sentiero. Ne parliamo più tardi, a casa. (Angel)

Obbediamo al nostro attuale maestro e iniziamo a fare il viaggio di ritorno. Ormai eravamo a un passo dalla prima rivelazione, e quando abbiamo avuto la seconda, potevamo raggiungere l'obiettivo finale: "L'incontro tra due mondi". Tuttavia, eravamo consapevoli che c'era molta acqua che scorreva sotto questo ponte. Evoluzione era la parola chiave del tempo.

Durante il viaggio siamo tornati a contatto con gli animali, la vegetazione, l'aria pulita e il clima rigido locale. Questa volta abbiamo camminato senza fretta e senza grosse preoccupazioni perché avevamo compiuto un altro passo. Ora, ne avevamo ancora uno in quella regione. Continueremo ad avere successo? Se dipendeva dalla nostra dedizione e impegno, lo speravamo. Inoltre era al nostro fianco un guerriero laico che con la sua esperienza ci aveva fatto evolvere molto e ottenere tutte le conquiste fino a oggi. Tutto era a nostro favore.

Continuiamo ad andare avanti, accompagnando Angel, che ci dà tutte le spiegazioni necessarie. Parla della vita, del nostro futuro, del progetto e di come evitare il fallimento, la paura e la disperazione. Mentalmente, scriviamo tutto e lo usiamo quando necessario. Abbiamo approfittato dell'occasione e sollevato alcune domande pertinenti. Quando tutto è chiarito, prevale il silenzio, ci spostiamo ancora oltre e poi superiamo metà del percorso.

Poco più avanti, passiamo vicino al luogo in cui si sono manifestati i mutanti e questo mi fa venire i brividi. Cosa li aveva spinti a manifestarsi così chiaramente? Guardando la situazione, concludo che il fatto che ancora non trovino la pace tanto attesa dovrebbe soffocarli e loro, prima della mia presenza, hanno colto l'occasione per fare pressione su di noi e superare tutti gli ostacoli. Ciò ha ulteriormente aumentato la nostra responsabilità nei confronti del mondo e dei lettori. Ma "se fossimo sotto la pioggia, si bagnerebbe" e faremmo il possibile e l'impossibile per soddisfare tutte le aspettative.

Continuiamo a camminare con Angel al nostro fianco, apparentemente ignari di tutto ciò che lo circonda. Ne approfitto per osservarti qualcosa e noto un uomo misterioso, introspettivo, esperto, esploratore di pregiudizi, che ha amato ed è stato amato, un uomo al di là del suo tempo. Da quando l'ho incontrato, ho imparato ad ammirarlo per il suo esempio e per qualcosa della sua storia di vita che mi era arrivata alle orecchie. Con il suo aiuto, abbiamo già capito cinque doni e abbiamo imparato ad apprezzare le cose belle della vita. Certamente, dopo che tutto fosse finito, non lo dimenticheremo mai. Siamo ancora nella nostra saga.

Qualche tempo dopo, ci siamo finalmente avvicinati alla nostra destinazione (la residenza di Angel). Spinti dalla fede, dalla forza e dal coraggio, completiamo il percorso rimanente, apriamo la porta, entriamo, chiudiamo la porta e ci dirigiamo nella piccola stanza per parlare ancora qualcosa. Ci sediamo sulle sedie disponibili, ci mettiamo uno di fronte all'altro e Angel prende la parola:

"Puoi raccontarmi qualcosa della precedente esperienza e cosa hai imparato da essa?

"Inizio. Sono rimasto molto sorpreso da questo passaggio riguardo alle rivelazioni. Non avrei mai potuto immaginare i pericoli imposti, le lotte intestine che abbiamo dovuto affrontare e la nostra importanza in tutto questo. Tutto quello che ho imparato mi ha aiutato a capire la scienza in profondità, un dono fondamentale che ci fa scoprire la natura, la nostra condizione e ci fornisce anche miracoli. Insieme alla saggezza, possiamo risolvere problemi sostanziali. (Il veggente)

"Inoltre, abbiamo migliorato la nostra connessione, abbiamo sconfitto i nostri nemici e, con qualcosa più di sforzo, possiamo raggiungere la tanto sognata visione. (Renato)

"Bene. Ma non contare la vittoria in anticipo. Molti sono stati persi nel sesto dono. Per questo ogni cura è poca. Hai altre osservazioni da fare? (Il capo)

"Nessuna. Grazie di tutto. (Il veggente)

"Io ho. Sono affamato. (Renato)

Tutti ridono della dichiarazione di Renato e abbiamo deciso di nutrirci. Ci rivolgiamo alla cucina, prepariamo il cibo, serviamo noi stessi e mangiamo nella santa pace di dio. Pianificammo il resto della giornata, finimmo di mangiare e ci riposammo qualcosa nei nostri letti. Quando ci siamo svegliati, abbiamo pulito la casa, ascoltato qualcosa di musica sul cellulare, siamo usciti per prendere il sole. Man mano che il pomeriggio avanza, arriva la notte e noi ci occupiamo di altre attività. Quando ci sentiamo esausti, andiamo a dormire finalmente pensando all'altro giorno. Quali altre avventure stimolanti ci aspettavano? Stai al passo, lettore.

L'ultimo passaggio del sito

Passa la notte, arriva l'alba e poco dopo finalmente spunta di nuovo l'alba. Aiutati dalla naturale limpidezza del mattino e dalla tiepida brezza, ci svegliamo, ci alziamo, ci stiriamo, ci dirigiamo come al solito sul retro della casa per fare il bagno (uno alla volta). Andiamo in camera, cambiamoci i vestiti e andiamo in cucina a preparare il nostro caffè. In questo processo, sfruttiamo il cibo disponibile e realizziamo dei piatti gustosi. Tra questi, tapioca, frittelle e cuscus nordorientale con carne essiccata. Una vera festa da dire. Ci siamo seduti a tavola, abbiamo iniziato a mangiare e a un certo punto il Maestro Angel tira fuori la conversazione.

"Oggi è un giorno fondamentale nella tua ricerca. Con i nostri sforzi, padroneggeremo il sesto dono, avremo la rispettiva visione. Ecco come me lo aspetto. (Angel)

"Cosa ci consigli in questo momento cruciale? (Il veggente)

"Come posso aiutarla? (Renato)

"Primo, coltivate l'umiltà, la determinazione, il coraggio, la forza, la fede, la tenacia e la pazienza. Con questi elementi puoi raggiungere qualsiasi obiettivo nella vita. Renato, il tuo aiuto è fondamentale, soprattutto nella visione. (Angel)

Nello specifico, sul sesto regalo, potresti fornirci dei dettagli? (Il veggente)

"Dobbiamo conoscere direzione, posizione, ostacoli, tra le altre cose importanti. (Renato)

"Il sesto dono è quello della pietà. Ci aspetta una grande sfida, ma tutto è possibile. Questa volta seguiranno il percorso da soli e questa tappa si svolgerà nel sud, nel luogo in cui, in passato, troviamo i cangaceiros. Lì avrai l'opportunità di avere la prima parte della rivelazione. Tuttavia, dovranno superare gli ostacoli che si presentano lungo il percorso. (Ha spiegato Angel)

"Ho capito. Quando dovremmo partire? (Il veggente)

"Dopo la prima colazione. Prendiamo il tempo rimanente per parlare qualcosa di più e distrarci qualcosa. (Angel)

Approviamo il suggerimento di Angel. Ci rilassiamo, continuiamo a mangiare con calma e parliamo qualcosa di tutto. Inoltre, ci conosciamo meglio, ammiriamo di più il lavoro di Angel come consigliere e rafforziamo i legami di amicizia. A un certo punto, ci teniamo per mano, la nostra luce scende dal cielo e brilla intensamente. Siamo rimasti colpiti dal fenomeno. Nell'istante successivo, si alza e torna nel cosmo. Angel ci spiega che non se ne andrà mai perché i nostri sentimenti sono veri e, anche disincarnati, continueranno ad accompagnarci. Siamo stati felici e rassicurati di sentirlo.

Abbiamo finito di mangiare, abbiamo preso uno zaino, ci abbiamo messo acqua e cibo, abbiamo salutato Angel e, prima di partire, ci benedice e ci augura buona fortuna. Con tutto pronto, siamo usciti di casa e già fuori abbiamo cercato il sentiero più vicino che ci avrebbe portato a destinazione. Quando lo troviamo, iniziamo la passeggiata. All'epoca, nonostante la nostra esperienza, predominavano la paura, l'angoscia, l'incertezza, i dubbi e tutte le debolezze. Dove, questa volta, il destino ci avrebbe portato? Cosa succederebbe? Quale importante rivelazione potrebbe apparire? Questi erano alcuni dei dubbi pertinenti che popolavano il nostro cervello. Tuttavia, questo è servito da stimolo per noi perché ha istigato il nostro istinto scout. Eravamo i tre moschettieri della storia, contando su Angel che si è ridotto a due in questa parte del cammino.

Continuiamo a camminare e a ogni passo, ne approfittiamo, abbiamo la possibilità di rivedere luoghi, alberi, il cielo, il sole, il terreno, infine, ogni aspetto. A volte ci fermiamo un attimo. Dobbiamo recuperare e idratarci. In uno di questi momenti, volto le spalle all'universo e urlo forte: sono felice, mi ritrovo con la mia storia e con i leggendari antenati. Usami, Dio! Dì anche, lettore, qualcosa di motivante e avrai la stessa sensazione come la mia in questo momento. Dopo il grido, sento le mani del destino agire e una voce dal cielo che ci guida. Con ciò, continuiamo la nostra ricerca. Poco più avanti, abbiamo raggiunto un terzo del percorso.

Esattamente novantotto passi dopo, il sole splende più luminoso, la terra trema e un tunnel si apre davanti a noi. Dall'interno arrivano spiriti di Cangaceiro che ci circondano senza speranza. Uno di loro, che sembra essere il capo, mi si avvicina di più, mi chiama e comunica con una voce confusa e oscura:

"Peste, per avanzare dovrai battermi in duello. Se fallisci, prenderai il comando nella pelle e ci accompagnerai negli inferi da cui non puoi scappare.

"E se mi rifiuto? (Chiedo)

"Ci vuole anche il piombo nella pelle. (Capo Cangaceiro)

Senza possibilità accetto di partecipare, il mio avversario mi lancia una spada e ne prende un'altra. Ci mettiamo in posizione di combattimento e poco dopo inizia il combattimento. Inizialmente mi metto sulla difensiva, sto solo seguendo e battendo i colpi veloci del mio pericoloso avversario. A volte mi colpisce e comincio a sanguinare qualcosa in varie parti del corpo. Ma non mi arrendo. Anche debole e riconoscendo la superiorità del mio avversario, continuo a insistere sulla battaglia e studiare un modo per reagire.

Continuiamo a combattere e quando mi sento al sicuro prendo il primo colpo. Con qualcosa di fortuna, la messa a terra. Cade e io approfitto della situazione per schiacciarlo con la punta della spada.

Il momento immediatamente nel cuore, e proprio nel momento in cui questo accade, la terra trema, gli spiriti dei cangaceiro si allontanano, il sole splende più forte e le mie speranze rinascono. Urla, pieno di felicità:

L'ho fatto.

Da un lato sono felice di superare l'ostacolo e dall'altro provo rimorso per il risveglio del mio "io" animale che potrebbe ferire, aggredire, distruggere anche se non fosse una persona vivente. Seguendo questo animale, io, nella mia notte oscura dell'anima, avevo ferito diverse persone, ero andato al limite del "'oscurità", avevo liberato completamente il "mio messaggero". Sebbene tutto questo fosse passato e io fossi già stato perdonato dalle forze benigne dell'universo, era comunque un ricordo doloroso. Non è stato bello rivivere un momento così importante della mia carriera.

Un attimo dopo, mi siedo, piango di tristezza ed emozione, chiamo Renato, si avvicina e chiedo giro. Metto la testa sul suo petto e libero i miei sentimenti. Mi dice parole di conforto e aiutato dal suo affetto; Ho diffuso completamente le mie energie. Quando sono pronto, mi abbraccio e finalmente mi alzo. Abbiamo deciso di continuare la passeggiata mentre era ancora presto.

Subito siamo tornati a camminare sui sassi, i fiori, il pavimento asciutto, il sole cocente del selvaggio e contemplare l'erba piccola della caatinga rimasta. Dove ci porteranno i nostri passi? Certamente vivremmo esperienze interessanti che arricchirebbero il nostro bagaglio di conoscenze e ci farebbero evolvere ancora di più aprendoci la possibilità di scoprire mondi inospitali, intriganti e sconosciuti della maggior parte delle persone moderne. In questo risiedeva la nostra grande sfida: aiutati dalla visione, svelare il velo del tempo, analizzare i fatti in modo imparziale e portare intrattenimento e divertimento ai lettori. Non è stato un compito facile ma del tutto possibile perché Renato e io abbiamo formato un duo vincente e imbattibile fino a ora. Almeno è così che ci siamo sentiti e pensati. In questo modo, con ottimismo siamo sempre più avanzati. Qualcosa più in là, abbiamo superato i due terzi del percorso. L'obiettivo finale si stava avvicinando.

In questo momento, eravamo molto concentrati e concentrati sulla sfida. Quindi, non abbiamo avuto il tempo o la disposizione per pensare ad altro oltre a questo. Certo, abbiamo sentito un senso di oppressione al petto, desiderio per le nostre famiglie, paura, senso di colpa, ansia, ma niente di tutto questo poteva intralciarci perché abbiamo percorso quel sentiero stretto con la stessa forza, grinta e fede che ho dimostrato quattro anni fa scalando completamente la montagna. La sensazione di lotta era davvero la stessa anche se erano situazioni totalmente diverse.

Il tempo passa qualcosa. L'aspettativa ogni minuto che passa aumenta e decidiamo tutto presto affrettando i nostri passi. Quando meno ce lo aspettiamo, abbiamo visto la posizione della destinazione e la visione ci soffoca qualcosa. Abbiamo deciso di smettere di rifare la forza: facciamo uno spuntino, idratiamo, pianifichiamo in dettaglio i nostri prossimi passi. Con tutto sistemato, siamo tornati a camminare, dribblato qualche ostacolo in più e circa un quarto d'ora dopo siamo finalmente arrivati a destinazione.

Eravamo al centro di una vasta e rocciosa pianura, luogo che in passato serviva da incontro tra i leggendari resti "cangaceiros" e i vigilantes dell'entroterra. Abbiamo approfittato del momento, respirato quell'aria sacra e immaginato mille storie che si dispiegavano nella vita di persone così importanti in quel momento. Ma cosa c'entrava tutto questo con il sesto dono, il dono? Era qualcosa che stavamo per scoprire.

Renato e io ci teniamo per mano, ci concentriamo per riprovare lo sviluppo della visione. Intuitivamente, seguiamo tutti i consigli del maestro e traiamo ispirazione dalle avventure passate per risvegliare qualcosa più del nostro potere interiore. Nel tempo, ci rilassiamo, dimentichiamo tutto ciò che ci circonda, chiudiamo gli occhi, perdiamo gradualmente conoscenza e quando meno ce lo aspettiamo, il nostro spirito si sprigiona dai nostri rispettivi corpi.

Fuori dal corpo, ci troviamo faccia a faccia, ci avviciniamo. Tuttavia, prima del nostro incontro siamo separati da forze incomprensibili e superiori. Inizia una piccola battaglia privata e mentale. Le nostre paure più intime si manifestano, ci tormentano e ci fanno cadere a terra. Cosa dovremmo fare adesso? Mi vedo, come in passato, paura del buio, paura dei membri più anziani della famiglia, paura dei fantasmi, paura della società e delle persone per qualcosa di cui non era colpa. In questa occasione rifletto su tutto, analizzo la situazione e decido di non pensarci (mi risolvo a gridare al mondo intero):

"Non ho paura! Mi chiamo Il Veggente, sono una giovane famiglia anche se da lei incompresa, sono un bravo ragazzo, senza fronzoli, consapevole di quello che sono e voglio, che ha imparato a convivere con un dono e usarlo per bene, che ha deciso usare la letteratura per insegnare tante esperienze carnali e spirituali vissute nonostante abbia solo trent'anni. Sono una brava persona!

Dopo l'urlo, la pressione si calma e gradualmente la lascio andare. Quando mi sento completamente bene, mi alzo e osservo Renato. Lo stesso trova ancora difficoltà a superare i suoi traumi familiari, in particolare il caso del padre che lo picchiava frequentemente. Per aiutarti, lascio un altro grido:

"Renato, io, Angel e il tutore, sono con te. Nessun altro ti farà del male. Liberati!

Dopo quello che hai detto, mi sembra migliore e presto è in piedi. Abbiamo vinto la prima tappa.

Tuttavia, dovevamo ancora superare gli altri. Per farlo abbiamo cercato di riavvicinarci di nuovo, eravamo a una distanza considerevole, ma nessun seme che abbiamo cercato di non riuscire. È lì che arriva una piccola torcia di luce dal cielo, che illumina completamente l'ambiente in cui ci trovavamo. Mentre ci avviciniamo, i nostri sensi si risvegliano, mi avventuro qualcosa e tocco il campo di forza. In questo momento, usando i miei poteri di veggente, ho la rispettiva visione riferita al sesto dono, il dono della pietà:

"Radamés era un giovane con vent'anni di vita di una famiglia borghese che viveva nella capitale della selvaggia Pernambuco, Caruaru. Per essere borghese, aveva quasi tutto quello che voleva gli fosse fornito dai suoi genitori e come ogni altro giovane uomo della sua età, amava uscire con gli amici, uscire con gli amici in ballate, feste e altre forme di svago. Fin qui tutto bene. Tuttavia, fino a ora, non ero consapevole del disgusto della vita. Ma dal momento che ogni cosa ha il suo momento, un giorno entrò in crisi esistenziale causata dalla fase dolorosa di uno dei suoi compagni di baldoria e di college. Aveva un cancro. Tuttavia, ha reagito in modo inaspettato: si è chiuso in camera sua, si è rifiutato di nutrirsi e fare qualsiasi tipo di attività. I suoi genitori, anticonformisti, chiamavano tutte le persone che pensavano di poterlo aiutare: psichiatri, psicoanalisti, psicologi, vicini di casa, altri colleghi e persino loro stessi. Tuttavia, non sembrava che ne risultasse nulla. Conoscendo il caso, il tuo collega, quello che aveva il cancro, di nome Vagner, è entrato nella sua stanza, gli ho parlato del suo atteggiamento. Disse che non c'era motivo di essere triste, che il suo destino era segnato, che la morte non era niente (l'avrebbe separata solo per qualcosa fisicamente) e che sarebbe stato sempre con lui perché il sentimento reciproco di amicizia era troppo grande. Ha anche detto che ogni festa che c'era, che ogni canzone che suonava, pensava a lui e sarebbe stata di nuovo insieme. Completato dicendo che il momento non era di pietà, che avrebbero dovuto godersi il tempo rimanente vivendo la vita come dovrebbe essere vissuta perché è bella, stimolante. Successivamente, i due si abbracciarono, Radamés lasciò la stanza, tornò alla sua routine, tornò ad accompagnare l'amico nei suoi ultimi sei mesi di vita. Da allora in poi, lo ha sentito in ogni momento buono che ha vissuto e nei momenti difficili ha chiesto il suo aiuto, e ha sentito tutta la sua protezione e intercessione presso suo padre. Ecco fatto. "Le persone che passano tempi difficili e difficili preferiscono sostegno, conforto, affetto, amicizia. La pietà si manifesta in questo modo e non ci mette di fronte al destino o alla vita".

Terminata la visione, la torcia si avvicina, mi tocca la mano, la sposto e chiamo Renato. Questa volta ci riesce, si allunga qualcosa e arriva anche lui alla luce. Rimane tra noi, approfittiamo della situazione, ci concentriamo di nuovo e seguiamo la nostra intuizione ed esperienza. Pensiamo alla nostra famiglia, al progetto "veggente", alla letteratura, al dono, al destino, all'universo e alla potente forza che ci guida che di solito chiamiamo Dio. Ci rilassiamo e chiudiamo gli occhi.

In questo preciso istante qualcosa esplode, i poteri dello spazio vengono scossi, la terra ruota e trema, i nostri spiriti emanano dai nostri corpi materiali e finalmente inizia il fenomeno della visione.

Sito di Fundão, 3 novembre 1900

Abbiamo superato i limiti di tempo. La meta ci fa arrivare all'inizio del Novecento, nello stesso luogo. Dopo che ci siamo completamente materializzati e ci siamo ripresi dalla transizione, osserviamo tutto intorno e vediamo alcuni cambiamenti. Tra questi, l'aria era più pura, la vegetazione più densa, il rumore era minore e un numero maggiore di animali. Tutto era uguale e allo stesso tempo diverso. Cosa ci aveva portato lì? Non lo sapevamo, ma in comune abbiamo deciso di camminare qualcosa e cercare qualche anima viva che potesse guidarci.

Quindi, abbiamo iniziato un nuovo viaggio solo ora più difficile ed emozionante. Senza tracce in vista, eravamo nei boschi chiusi sostenendo pietre, spine e con la possibilità di trovare animali velenosi o persino bestie feroci. Ma non ci arrenderemmo così facilmente. Inoltre, perché abbiamo già punteggiato i primi sei doni dello Spirito Santo e ora mancava solo il dettaglio della prima rivelazione. Intuitivamente ci spostiamo verso ovest.

Percorriamo gli stessi posti di prima, solo che non lo riconosciamo. Eravamo come ciechi nel bel mezzo di uno scontro a fuoco, guidati solo dall'istinto. A questo punto, ci muoviamo lentamente e anche il tempo impiega tempo per passare. Ma manteniamo l'essenziale, come insegna Angel: la tenacia, l'artiglio, il coraggio, la pazienza, la saggezza e la fede che ci hanno sempre accompagnato nelle avventure. Anche se non bastava, con qualcosa di fortuna saremmo arrivati al punto giusto.

Il tempo passa qualcosa. Inconsciamente, ci siamo resi conto di aver superato una delle quattro parti in cui era suddiviso il percorso. Ma saremmo stati felici e calmi solo quando saremmo arrivati alla fine e avremmo avuto la risposta positiva che ci aspettavamo e saremmo rimasti nella fatica. Pochi passi più avanti troviamo un rettile, ci spaventiamo e ci allontaniamo qualcosa. Cosa mancava per succedere? Non potevamo morire o addirittura deludere la nostra famiglia, gli amici, i conoscenti, i maestri e i lettori spirituali e di vita. Dovevamo continuare, anche se non avevamo la più pallida idea di cosa ci aspettava e nemmeno dei due tipi di destinazione che ci accompagnavano. La fortuna è stata lanciata.

Dopo essere stati a debita distanza dall'animale che abbiamo incontrato lungo il percorso, torniamo a camminare nella direzione iniziale. Questa volta abbiamo aumentato la nostra cautela. Ciò è stato estremamente necessario per evitare un incidente che ha definitivamente impedito il nostro obiettivo di fare il collegamento tra "due mondi". Queste erano le parole del maestro ma all'epoca erano del tutto oscure e lontane da noi. Tuttavia, siamo stati aperti, sin dal primo momento, a trovare il filo del peccato di questo intrigante inizio della storia.

Stimolati dalla nostra forza di volontà e dalla decisione precedente, continuiamo ad avanzare superando gli ostacoli naturali del bosco. A ogni passo ci siamo sentiti più sicuri e soddisfatti anche se non avevamo ancora raggiunto il primo obiettivo. Be' ', è solo questione di tempo, credo. Con questa certezza abbiamo aumentato l'andatura nella direzione voluta e presto ci siamo resi conto di aver già superato metà del percorso relativo al centro ovest. Un altro risultato. Tuttavia, c'era ancora molto da fare e non saremmo mai stati soddisfatti.

Qualcosa più in là, per la prima volta, ci sentiamo stanchi. Quindi, abbiamo deciso di fermarci per qualcosa. Ci siamo seduti per terra, abbiamo mangiato uno spuntino, bevuto qualcosa di liquido e ci siamo goduti il tempo libero, riflettendo sulla nostra situazione attuale e pianificato i nostri prossimi passi. Dopo molte discussioni, abbiamo deciso di rimanere nello stesso orientamento e di attendere un segno che potesse guidarci. Non avevamo altra scelta che farlo. Siccome ci sentivamo esausti, ci siamo sdraiati qualcosa, abbiamo chiuso gli occhi, concentrati e siamo scappati qualcosa del tricheco. Quando ci siamo rilassati abbastanza, è arrivato un pisolino.

Quando ci svegliamo, ci sentiamo molto meglio, con energie ricaricate. Ci alziamo dal terreno duro, alziamo la testa e camminiamo di nuovo. Cosa succederebbe? Restiamo uniti, lettore, prestando attenzione alla narrazione. A poco a poco, avanziamo nella dura caatinga, facendo i giocolieri per evitare gli ostacoli. Aiutati dalla nostra esperienza nelle avventure precedenti, ciò che ci resta sono solo alcuni graffi causati da alcuni dei nostri scivoloni. Ma nel complesso ci sentivamo bene, pronti ad affrontare qualunque cosa fosse. Con questa disposizione, qualcosa più in là, ci stavamo già avvicinando all'obiettivo.

Avvicinandoci sempre di più, la sensazione provocata in noi era di ansia e sollievo. Ansia per non sapere esattamente cosa ci aspettava e sollievo perché eravamo vicini a scoprirlo. Anche se ora abbiamo fallito, eravamo orgogliosi di noi stessi per aver completato sei fasi e sviluppato sei doni dello Spirito Santo. Siamo stati davvero vincitori, dall'inizio del progetto "Il veggente" fino a oggi.

Con questa certezza abbiamo superato tutto e andiamo avanti. Poco più avanti il bosco si apre, entriamo in un sentiero e con qualche passo in più abbiamo visualizzato la destinazione: eravamo davanti a una casetta di fango, al centro ovest del sito. In questo preciso momento, abbiamo ricordato le sfide e abbiamo scoperto che era la casa che era appartenuta a mio nonno Victor. Pieni di curiosità e di speranza, andiamo oltre e bussiamo alla porta di quella residenza. Aspettiamo qualcosa e si alza da dentro, una donna, bruna scura e robusta, con un corpo ben definito e mal disegnato ci viene incontro.

"Sì, giovani, come posso aiutarvi? (Domanda)

"Mi chiamo Aldivan e questo che mi accompagna si chiama Renato, potresti offrirci un sorso d'acqua? (Il Veggente)

"Sì, certo. Mi chiamo Filomena, al vostro servizio. Non abbiamo molto, ma almeno c'è l'acqua. Avanti," rispose.

Accettiamo l'invito, accompagniamo la donna, entriamo in casa, arriviamo in camera e la padrona di casa ci offre dei posti a sedere. Ci sediamo, ci riposiamo qualcosa e lo stesso va in cucina a prendere l'acqua. Dopo circa cinque minuti, torna, ridendo carica di due bicchieri d'acqua. Lo prendiamo velocemente e Filomena lo tira su ancora una volta.

"Siete stranieri? Non li ho mai visti da queste parti prima d'ora.

"Potresti dire di sì. Qualcosa ci ha portato qui. (Il Veggente)

"Insomma, siamo turisti alla ricerca di qualcosa di pace e conoscenza. (Renato)

"Oh, ho capito. Sei della capitale? (Chiede)

"No. Veniamo da una città vicina. (Il veggente)

"Vivi da solo qui? (Renato)

"Sono sposato. Ho anche un figlio appena nato. Nonostante le difficoltà, siamo contenti. (Filomena)

"Dov'è tuo marito? (Il veggente)

"È al lavoro, sta preparando il terreno per la svolta del prossimo anno. Speriamo di fare un buon profitto e quindi non dovremo soffrire la fame a un certo punto dell'anno".

"Ho capito. Deve essere un ostacolo affidarsi solo all'agricoltura per sopravvivere e ancor di più avere figli. (Il veggente)

"Nella mia famiglia era così. Lavoravamo come detenuti per sopravvivere. Quando non c'era profitto, il problema era grosso. (Renato)

"È come dice il giovane. Ma non abbiamo scelta. Nella vita sappiamo solo come comportarci con zappe e falci. Siamo asini quadrati. (Filomena)

"Dai, non parlare così. Ogni lavoro è degno e siamo tutti uguali davanti a Dio. L'importante sono i buoni sentimenti che portiamo nel petto. (Il Veggente)

"Ci conosciamo qualcosa, ma abbiamo già capito la sua grandezza. Questo è fondamentale. Grazie per l'acqua. (Renato)

"Sei fuori dal nulla. (Filomena)

Un rumore disturba la conversazione: un pianto di un bambino. Filomena è triste e agitata e ci sfoga:

"Il bambino ha fame, e io non ho altro da offrire se non il tè. Vedrò se sbaglio.

Detto questo, la stessa era la cucina per scaldare sul forno a legna il già preparato. La accompagniamo e la aiutiamo. Quando è pronto, andiamo nella stanza. Filomena prende il bambino, se lo mette in grembo e dà il tè attraverso la bottiglia. Nonostante beva il liquido, non smette di piangere. La madre aspetta e lo rimette nella culla improvvisata. Mi avvicino al bambino, gli chiedo come si chiama e so che si chiama Victor. Uno shock. Ero davanti al mio antenato, un essere pieno di doni. Il ragazzo, con i capelli neri, gli occhi castano chiaro e qualcosa scuro, si muoveva da una parte all'altra. Il moncone ma non succede niente di speciale. Sento solo un brivido causato dalla barriera meteorologica. Tuttavia, insicuro, Renato si avvicina, mi prende per mano e insieme tocchiamo di nuovo il ragazzo. Immediatamente, entriamo in trance, superiamo nuovamente il limite di tempo, visualizziamo contemporaneamente passato, presente e futuro. La storia poi si rivela completamente.

Fine

www.ingramcontent.com/pod-product-compliance
Lightning Source LLC
LaVergne TN
LVHW020428080526
838202LV00055B/5075